波打ちぎわの物を探しに

三品輝起

晶文社

目次

装丁　有山達也＋大野真琴（アリヤマデザインストア）

波打ちぎわの物を探しに

雑貨屋プレイ

　その症状がではじめたのは、店をつくって十八年めの冬のはじまりであった。ポケットのなかにはドイツの「黒い森」という観光地で土産物として売られているらしい茸《きのこ》のキーホルダーがあって、そこにはふたつの鍵がぶらさがっている。長年つかっているうちに茸は手の脂で黒ずみ、椎茸《しいたけ》のバター醬油炒めのような鈍い輝きをはなつようになった。ひとつの鍵にはテプラで「いえ」と、もうひとつには「みせ」と印字されたシールが貼られている。シールの色は家用が緑、店用が黒。「いえ」と「みせ」。

　閉店後の店を八時にはでて、夜道をとぼとぼと十五分ほど歩く。途中、坂をくだって橋を渡る。いつものくせで黒い川面にむけて息を吐き、その白さをたしかめる。川を渡り終えたあとは暗いのぼり坂がつづく。女子大通りを越えて、じぶんのマンションが近づいてくるとポケットのなかから小さな茸をつまみだし、そしてマンションの階段をのぼって、玄関ドアが見えたあたりでふたつの鍵を見くらべる。するとかならず、いま私が開けなくてはならない扉が「いえ」なのか「みせ」なのかが、しばらくのあいだ判断できなくなってしまう。緑のテプラか黒のテプラか、家か店か、いえかみせか……意味はかたちを失い崩れていく。店にある商品の配列を、自室の物が醸《かも》すような自然な混沌へとちかづけるという、やってる本人もよくわからない努力を長年積みかさねてきたせいなのだろうか、ほんの一瞬、さっきまでいた場所が店だったのか家だったのかが遠のいていった。そうこうしている数秒のあいだに鍵穴は近づいてきて、鍵をささなくてはならなくなる。結局どっちかわからないままに、あてずっぽうに鍵をつっこむと、みごとなまでに五〇パーセント五〇パーセントの確率でドアが開いたり、開かなかったりする。開かなければ、残りのもう一方の鍵をさすと扉はひらく。あたりまえだが、そのとき鍵には「いえ」と書かれているはずだ。でも数秒まえの私にはテプラの文字がなにを意味しているのかが理解できていない。

私はこの奇妙な症状にしばらく悩まされていた。精神科にでも行けば、ストレスによる神経症の一種として診断されるのかもしれないけど、そこまで生活をおびやかすわけでもないのでほったらかしている。そして年をまたぎ、真冬へとむかう夜半の帰り道、ふと家と店、それぞれ異なった場をささえていた根源的ななにかが、十八年という歳月をかけてゆっくりと消えつつあるのかもしれないと思った。きっとどこかの時点で、両者を仕切っていた半透膜は機能を失い、ふたつの溶液は均一な濃度にむかって交わりつづけてきたのだ。

ここ三年間の疫禍《えきか》のなかで、店のバックヤードには簡易の食料品や本や毛布やランタンが運びこまれ、ますます家のような居心地となっていった。一方、暇になったせいで店の裏のダンボールをせっせとあけては整理し、そこに死蔵されていた懐かしい品々が家に逆流していったことが、家と店の本義が混じりあう流れをあと押ししたのかもしれない。だがよくよく思いかえせば、輸入代理店から商品を仕入れることと、スーパーに夕食の買いだしに行くことが、まったくおなじ重要度でトゥドゥリストに記されるようになったのは店をはじめてすぐのころだったわけで、よって仕事とプライベート、などという表層の区分けはとっくになくなっていたのだと知った。疫病から精神的に身を守るために物を張りめぐらしてつくった巣穴が、店と家の装飾や調度をまぜこぜにして、均質化したのはまちがいないが、それはあくまでわかりやすい見かけ上のできごとにすぎない。それよりも、この数十年のあいだに起こった需要者と供給者、プライベートと仕事、生活と商売、私的空間と市場などにおける、後者が前者を覆いつくしていくような大きな流れが、私の公私にまつわる感覚を変えつつあったというべきだろう。しかしそのことと、毎晩じぶんがどこからどこへ帰ってきたのか一瞬わからなくなる健忘症が、どれくらい関係しているのかはたしかめるすべがない。

善福寺川を渡る橋にさしかかる。東京の場末にいる自営業者が、たかがキーリングにぶらさがったふたつの鍵の区分けがつきにくくなったことを、いちいち世のなかの変化にむすびつけている時点でべつの病名がつきそうだなと思いながら、いつもどおり川面の漆黒にむけて白い息を吐いた。橋を過ぎ、坂がはじまる手まえに小さな空き地ができていた。この街のすべての空き地がそうであるように、もうなにが建っていたのかは思い出せない。かわりに口をすぼめ、その暗い地表のうえにも煙草のけむりのような一本の線をつくる。

鍵の一件があってから、私が店をはじめるときも、はじめたあともずっとつきまとっていた、お店屋さんごっこをやっているような感覚が薄らいでいることに気づいた。恥じらいにも似た、プレイ感覚といってもいい。じぶんにとっても、お客さんにとっても、雑貨にやむにやまれぬ切実さなど微塵もなく、だからなんとなく気にいった雑貨をならべて座っていることが、幼稚園のころクラスメートとやっていたお店屋さんごっこのように思えてしかたなかった。子どもの遊びのような感覚が消えたのは経営がどうにかこうにか軌道に乗ったからでしょう、長年なんとかのひとつおぼえでやってきて板についただけでしょう、といわれるとたしかにそうなのだが、ひとつだけ不可解なことがあった。それは最近、世のひとびとのあらゆるふるまいが、なにかのプレイをしているようにしか見えなくなってきたことだった。正当さも芸術性も歴史も文化も欠いた雑貨という物を、せこせこと売るごっこ遊びのごとき感覚が、気づくと世界のいたるところに広がっている気がした。これは雑貨に毒された私の目の錯覚だろうか？

プレイとひと口にいっても、いろんな次元のプレイがある。まずもってぱっと浮かぶのはSMプレイやコスチューム・プレイといった言葉であるが、偶然にも私の店のお客さんにはどっちの実践者もいて、前者の奇特なお客は、SMのSというのはサービスのSで、実際は理性的にMにつかえながらMがのぞむSを演じ、て、い、る、のだと教えてくれた。後者も古くからのお客で、その日もサイババ風の朱色の襟なしシャツに、下はゴシックロリータ系に見えなくもないフレアスカートをあわせた独特な格好をしながら「ファッションっていうのは変身であって、つきつめればみんなコスプレですから」といっていた。たしかに中央線界隈には古着を着て、酒と煙草をやって、山ほどレコードを聴き、珈琲をすすり、映画や本を論じる友人知人がたくさんいるが、いってしまえば彼らも類型化されたノスタルジックなコスプレに興じているのかもしれない。もちろん私もそのひとりだし、私の店もその手のプレイから派生した商売だろう。でも何十年とつづけていくうちに、他人からどう見られるとか、だれそれより知識があるとか、そういう瑣末なアイデンティティは鳴りをひそめていき、いつしか承認欲求は裏がえって内面化する。そして、おのれの内なる声にのみしたがうようになれば、もうだれがどういおうが、毎朝、珈琲豆を挽いて、ドーナツ盤をみがき、時間があれば本を読み漁りつづける。たかが趣味だったものが、自己信仰にもちかい儀礼性をおびはじめたとき、それはもはやコスプレではない。平衡《へいこう》状態をたもった、ゆるぎのないプレイ。おそらく多くの常人《じょうじん》は途中で脱落するだろうし、脱落者にかぎって、まだそんなことやってんだと修験者《しゅげんじゃ》を見さげるだろう。でもプレイをプレイしつづけた者だけしか、たどりつけない境地のようなものがあることもたしかなのだ。

またプレイ界のひとつのメルクマールとして、みうらじゅん『親孝行プレイ』（角川文庫）という奇書がある。著者は親孝行が時代錯誤になりつつあることに胸を痛めながら、親孝行をひとつのサービス、演技、ゲーム……つまりある種のプレイとして実践してみることを提案する。まじめに読むと馬鹿を見るような論考ではあれど、子役として一世を風靡した、えなりかずきという「親孝行像を模索するうえで象徴的な存在」をいちいち実例につかってしめされる、ちょっとした人間存在の本質には深くうなずかされるものがあった。つまり「子どもは小さいころから、親や大人を喜ばせるプレイをしている」という事実である。われわれは生まれ落ちた瞬間から、なにかをまねて、なにかを演じはじめる。えなりかずきのように。子どもは大人が喜ぶであろう子ども像や、家庭のなかの役割なんかを無意識にさぐりながら生きていて、その先もずっとだれかのだれかをプレイしつづける人生がまっている。よってSMプレイもコスプレも、とっぴなひとたちのとっぴな変態趣味ではなく、ともかく演じることをやめられぬ人間たちの欲望の一端にすぎない。

　そういえば私も掃除プレイがやめられない。掃除や片づけがおっくうで、でもどうしてもやらねばならないとき、かならず一本の電話がかかってくる。だれから？　私から。どこに？　直接、私の脳内に……。探偵界のシャーロック・ホームズよろしく、掃除界のプロ中のプロという役どころのじぶんが、掃除がどうしてもできずお手上げのじぶんから依頼を受けて派遣された、という設定でプレイははじまる。「はいもしもし」「あの……家が片づかなくて……助けてほしいのですが」「あっ……はい、わかりました。ちょっとやってみましょうか……値は張りますがだいじょうぶですか？」「お願いします」とかなんとか、ひとしきりやりとりを想像したあとに「こんにちは、掃除のプロです」といって、玄関からさっそうと入ってくる。活字にすると狂気の沙汰ではあるが、プレイとしての掃除になった途端、大嫌いな床みがきや整理整頓が異様にはかどるのはなぜなのか。掃除プレイのほかに、文豪プレイという薪ストーブがありそうな山荘で苦悶の表情をしながら本を読むプレイや、安食堂のご飯を三つ星レストランのシェフがつくった設定で食す美食プレイというのもあるが、話が長くなるので割愛する。

ともかく、われわれのふるまいの根元にはプレイ感覚があって、ひとはなにか演じることで快楽をおぼえ、そのなにかにむけて努力をしはじめる。もちろんこんな阿呆なことをいちいち全人類がやっているとは思えないが、ひとはコスプレ好きのお客のように新たな環境にあわせて、ちょっとずつちょっとずつ、いつもとちがったじぶんをプレイしてみることで現状に適応していくのである。かように第一の次元において人間はみな、なにかしらのプレイにいそしんでいるわけだが、はたしてそのことと、私が店をはじめてから十数年間、お店屋さんごっこをやっているような感覚にさいなまれてきたことには、どういう関係があるのだろうか？

近代以降の雑貨屋の系譜を教科書的にさかのぼれば、一九一四年、大正三年に竹久夢二《たけひさゆめじ》がみずからデザインしたこま物を売るために、日本橋で創業した港屋絵草紙《えぞうし》店をさけてはとおれない。だがいくらルーツのひとつだといわれても、よくよく考えてみたら、こんな東京の一等地に浮世離れした物をならべるなんて、当時の一般人にはおいそれとできない商いであることがわかる。ようするに、おなじ雑貨屋といっても文脈がぜんぜんちがって、出自にも天と地の差がある。そもそも就職から見はなされた私が雑貨屋をはじめたのは、ほうぼうで書いているように「なんとなく」で、強いてつけくわえるなら「だれにでもできそうだから」という理由であった。この希代の粋人《すいじん》、夢二が周到に用意した夢のかたまりのような店と、雑貨屋なんて好きな物を仕入れていいかんじにならべるだけでしょう、という世間を舐め切った私の店が誕生した百年間に、いったいなにがあったのか。社会が豊かになって、トリクルダウン理論よろしく、世の大半のまじめな勤め人たちが働いて手にした富のおこぼれにあずかって、とくに金もコネもない私のような人間でもなんとなく夢二プレイをしながら暮らせるようになった、ということなんだろうか。港屋の系譜につらなるような店に憧れた店々、さらにそれらをまねた店々をさらにまねた店々……こうやっていくえにもかさなっていくうちにルーツを見失い、出口のない自己言及的な空間ができあがる。そんな砂上の楼閣《ろうかく》のような場所で私は雑貨屋をいとなみながら、ふとしたきっかけでじぶんの店の系譜を考えはじめたとき、ある種のプレイ感覚がぬぐいされなくなっていった。

＊

「小売店に流れる時間に　私は強い興味を感じ始めた／ウインドーの内側に　広がる世界に行きたい／職人や売り子の横で　時間の流れを感じたい／時間はゆっくり流れ　待つ時間も長い／客が来れば　客も待つ／無為の時間　空っぽの時間　日々の交流というミステリー／撮影したのはダゲール街の　華やかさとは無縁の店ばかり」アニエス・ヴァルダ監督『ダゲール街の人々』

とあるストリーミング・サービスでアニエス・ヴァルダ監督の『ダゲール街の人々』を見たのは、そんな波風のない人工池を漂泊しながら、ちょっとずつ水底《みなそこ》へと沈んでいくような暗い日々のなかであった。私が生まれる数年まえの一九七六年につくられたフランスのドキュメンタリー映画で、パリ十四区のダゲール通りに店をかまえる小さな自営業者たちと、そこを行き交うひとびとが織りなすささやかな日常が、薄曇りの幻のような美しい映像で切りとられていた。香水屋、パン屋、美容院、肉屋、金物屋……。さまざまな人生をかかえてダゲール街にたどりついた彼ら彼女らの肖像を、銀板写真のような克明さと幽玄さをもってフィルムに記録していく。原題は『ダゲレオタイプ』。埃《ほこり》舞う暗い店内で香水店はオードトワレを小瓶に移しかえ、精肉店は手を血で染めながら肉をすばやくさばく。ただただ生きながらえるために若いころから仕事をはじめ、手わざをみがき、売上を最大化すべくサービスや品ぞろえを拡充していき、気づくと時は過ぎて、すっかり店も体もくたびれてしまった店主たちのうしろすがたを見ていると、私は胸がしめつけられていった。そんな尾ひれのない素裸《すはだか》の商売とじぶんの商売には、共通するぶぶんもあるけれど、根本的になにかがちがってしまっている。もちろんヌーヴェルヴァーグの祖母ともいわれるアニエスが、彼らのすがたをたんなる愛すべき働き者たちの肖像画として記録しているはずはない。『ダゲール街の人々』には暗さとユーモア、明るさと虚無感が同居したような、なんともいえない複雑な雰囲気が刻まれていて、それはまさにアニエスの最後の問いかけのなかにも集約されている。

「これはカラー撮影された　ダゲレオタイプ／ダゲール街の　ステレオタイプであり／こ

こで生きる人々の肖像だ／彼女がまとう　灰色の沈黙のように／ひっそり存在することを求めている／これはルポルタージュ？／オマージュ　それともエッセイ？／哀惜《あいせき》？　批判？アプローチ？」

ただなりたくてなったというよりも、四の五のいわずにできそうなことを必死にやって生計を立てなければならなかったダゲール街のひとびと――早晩消えてしまうであろう彼らの灰色の沈黙を、アニエスは急速に変わりゆくパリの光を背にしながら冷静に観察している。ときに被写体によりそい、ときにつきはなしながら。先まわりしていえば、彼女はそのとき、まさに模倣とプレイのはざまに立っていたのではなかったか――のちに何度も観かえした私は、そんなふうなことを考えていた。

時代の変遷とはまさに模倣の積みかさねだ。ここでいう模倣とは、あらゆるものごとをまねたり、だれかのだれかを演じたりすることまでをふくんだ、幅広い言葉として私はつかっている。木が年輪をかさねるように、模倣は同心円状につらなり広がっていく。たとえばダゲール街に幼いころから親しんだ者が、その店々の一部をまねつつ、時代に即した価値をつけくわえた新たな店をつくる。さらにその店をまねた店。さらにその店を踏襲した店。あるいはちょっとだけ似せた店……。蛇行する資本の流れに乗って、ひとびとの模倣の模倣がかさなりあっていくうちに、いつしか甘やかなプレイ感が匂い立ってくる。プラトンは芸術の本質を模倣であると定義したが、人間はつまるところ、ひたすら他人や他人のつくった物や自然のあれこれをまねつづけるトライアル・アンド・エラーのなかで、ときおり突拍子もないものを生みだしては危機をのりこえ、進化してきた。だから模倣は太古のむかしから変わらぬ人類の本性でもある。もちろんダゲール街の店々も、理想とするだれかの物真似、こうあるべきだと思う人物像の演技、あるいはくりかえされる自己模倣のうえになりたっている。じゃあこの模倣と、さっきから私が連呼するプレイは、なにがちがうのか。

そもそも英語のプレイは「球遊び」が原義らしい。そこから派生して遊ぶ、試合する、演じる、演奏する、再生するといったたくさんの意味をふくんでいった。さらに分岐した「なんとかプレイ」といったときのプレイはもっと複雑で、単純に「ごっこ遊び」という意もあるが、現在では「演じる」という意味あいが強くまじってきている。そして最終的には、その行為が深い意味のないお遊びであるかもしれない、ということを知りながら、あえて選択し、シニカルにやってのける再帰的なふるまいをさすようになった。たとえば『親孝行プレイ』が、滑稽なことを重々承知しながら、でも何周もしたあげくに、小さな有用性をかろうじて見いだそうとするように。なんなのだろう、この感覚は。

産業革命以降、社会は豊かになり、ひとびとは自由になった。一部の権力者に独占されていた情報や知識が大衆にわけあたえられ、かわりに生きる意味を規定していた古い伝統や因習や信仰が消え去ってしまう。そうやって自由とひきかえに、生きることすべてにひそむ無根拠性が、ひとびとの心にとり憑いていく。これがもし近代のはじまりだとするなら、極端にいえば近代人はみな、世界に根拠がないことを心のどこかでうっすら感じながら日々を過ごしていることになる。まさに明治の文豪、夏目漱石の小説の主人公たちが直面したように、信じるものを奪われたひとびとは、多かれ少なかれ答えのない人生の意味をもとめて悩みつづけ、それでも生きるために、あえてなにかを演じることを余儀なくされていったのだ。これこそがプレイの発端ではないか。

でもいうまでもなく、近代がやってきたからといって全員が一瞬で信仰を失って、社会全体がプレイだらけになったわけじゃない。漱石のようなかぎられた者たちだけが、いちはやく時代のもつ底なしのプレイ感に気づいていただけで、民衆の大半はあいかわらず、目のまえにある切実ないとなみ――上記でしめした広い意味での模倣をくりかえしていた。

それから五十年ほど下ったダゲール街のひとびとの創業時も、まだまだ模倣の時代だったと思う。ヨーロッパには死ぬほど貧しい境遇とか、戦火に追われる可能性とか、神のご下命が聞こえる場所だったり、村の掟や親の代からの宿運だったりが残っていて、店をやることの根拠なんてものにいちいち疑いをいだくこともなかったはずだから。

そういったあれこれが徐々にとっぱらわれていったのは、第二次世界大戦が終わり十年以上が過ぎて、社会の豊かさがある水準を超えたあたりであろう。ちょうど『ダゲール街の人々』というドキュメンタリーが撮られた七〇年代のなかばごろには、世界じゅうの多くの小売店主たちの心の奥底で、店頭に立つことの確固とした意味が蒸発しはじめていた。もちろんいくら豊かな社会でも、食うためには働かなくてはならない。だけど藁にもすがる思いで、その職にすがりつく意味は希薄になっていた。意味がないと知りながら、それでもなにかを選択すること。まさに、ただただ店をいとなむことができなくなって、過去の模倣をくりかえすことを自覚しながら模倣する——つまりお店屋さんプレイへと変わっていく時期だったともいえる。模倣する店からプレイする店へと跳躍するジャンプ台が、そのどこかに埋まっているのだ。

時は流れ、ますます労働の流動化が進み、入れかえ可能性が高まる。その仕事をそのひとがやらなくてはならない根拠がなくなればなくなるほど、それを補塡するかのようにコンセプトがせり上がってくる。ダゲール街のパン屋のような、「ひっそり存在すること」をもとめて黙してパンを売る店は少なくなっていき、コンセプトの仕上がったイノベーティブなパン屋、または逆に、なんてことのない素朴なパンをあえてこのご時世に売ることの意味をかかげるパン屋などが増える。未来に転ぼうが、過去に転ぼうが、コンセプトを語る口をつぐむことだけが、なぜだかできなくなる。もちろんパン屋のぶぶんには、書店でもカフェでも占い小屋でも環境NPOでも、なにを当てはめてもかまわない。とかくコンセプトだけはぴかぴかにみがきあげられていく。まるで二十世紀のあたまに崇高な美のとばりがゆっくりと落ちていったあと、コンセプチュアル・アートという名の言語ゲームが席巻し、いまではどんな末端アーティストもいっぱしのコンセプトをかかげるようになったみたいに、声高なコンセプトをもたず「灰色の沈黙」をまとったままの店を、とんと見かけなくなった。なぜなら、そこではプレイしないことも、ひとつのプレイとみなされるような磁場が働いているからだ。これまた現代美術の文脈で、コンセプトを排しても、コンセプトがないというコンセプトの美術作品として回収されてしまうのとおなじように。だからダゲール街の店々も、それを模倣してつくりこんだコンセプチュアルな店も、たいして差異のないノスタルジックなプレイを提供する店として機能しはじめるだろう。たとえば流行の商業施設には、むかしながらの居酒屋や街中華をトレースして、きれいにデザインしなおしたノスタルジック・プレイの飲食店が増殖中だ。ここでは、滑稽さを承知であえてやっている、という何周もした再帰的なプレイ感が、新しいおしゃれな価値を生んでいる。でも長い目で見れば結果はおなじだ。いずれ廃れて、それが何周めであるかは問われなくなるから。簡単にいえば、いまやすべての小売店が、おなじゲームを享楽するコンセプチュアルなプレイ店として社会に埋めこまれているのだ。

以上が『ダゲール街の人々』を何度も観て、つらつら考えたことである。もしかしたら、お店屋さんごっこをやっているような奇妙な感覚が薄まってきたのも、この映画に出会ったおかげかもしれない、と思った。自己言及的なプレイに興じているのが私だけじゃないことを、いまはもういないアニエス・ヴァルダと商店主たちが織りなす、淡い光と影のなかで知るにいたったから。五十年まえに彼女が追いかけた、ウィンドウの内がわに広がる世界へ私も行ってみたい。そして職人や売り子たちの横で、時の流れを感じていたい。曇った香水瓶。無為の時間。プレイのない、空っぽの時間を。

境界

東京都から休業要請という名の命令がくだされ、店は数日まえからカーテンを下ろしたままだ。電気もつけずに、私は夏の終わりにでる本のゲラを書きなおしている。あらためて店をながめてみると、弁明の余地もないほど、不要不急の物ばかりがならんでいて肩身がせまい。必需品がなにひとつない異様な空間のなかで、このまま店、つぶれちゃうのかなーと他人ごとのように考えた。まあしかたない。ふたたび原稿に赤字をいれていく。

新しい本のタイトルに『雑貨の終わり』とつけてみたものの、親からは「雑貨が終わる」とかいいながら雑貨屋やっとんやけん、せわないわ、と鼻で笑われた。もともとは『言葉と物』の「人間の終わり」とか、資本主義の勝利をのんきに謳った『歴史の終わり』なんかを、ちょっとパロディにしたようなイメージだったのだが、よくよく考えてみると、どうなろうが知ったこっちゃない雑貨がいきなり終わると宣言されても、読者はこまってしまうだろう。笑ってもらえれば幸いだが、すこしいいわけめいたことを書くと、雑貨の「雑」という字には、確定申告ででてくる雑費や雑損失みたく「その他」というニュアンスがある。よって元来、いろいろ分類して残った「その他の物」としての雑貨は、物界における少数派だった……はずなんだけど、気づけばいま、雑貨界が物の世界を逆に覆いかくしつつある。ほとんどの物が、いつ雑貨屋に連れていってもはずかしくないすがた、かたち、ふるまいを身につけてしまっていて、むしろ雑貨化していない物こそがマイノリティになっているのだ。だとしたらマジョリティとしての雑貨は、もう「雑」という字を捨てて、ふつうに「物」と呼んだらいいじゃないか、という頓知みたいな理由から書名は導かれている。

ゲラなおしにつかれたのでインターネットをのぞくと、不要不急と名指された芸術界を擁護する言葉がかけめぐっていた。あたりまえだが雑貨界を擁護する言葉なんてものはどこにもなかった。その差は歴然としているように見えるけれど、芸術の世界だってピンキリで、ずるずるとすそ野までくだってくれば両者の境界はあいまいになる。どちらも貨幣経済のなかに閉じこめられているという意味において、ひとびとの日常をちょっとだけずらして涙をさそったり勇気づけたり癒したりしてくれるウェルメイドな芸術作品と、それを消費することで日々を彩ってくれる雑貨の世界は、おそらく地つづきなのだ。だとすれば、芸術という言葉やその概念も、雑貨とおなじように猛スピードで広がっていて、この瞬間も希釈されつづけているはずである。そしてある日、しゃばしゃばになって、ひとびとがもうどうやっても外にはでられないと信じて疑わない世界の外がわに、一瞬でもいいから立ってみようとする者たちのいとなみを、ぜんぶひっくるめて「アート」と呼びはじめたらどうなるだろう。そのとき私は、たとえば一介の現代美術作家を、あらゆる学者や社会運動家やデザイナーや起業家たちとうまく区分けできるのだろうか……などと、かってな想像をめぐらせながらメールチェックをしていると、知人からクラウドファンディングの告知がとどいていた。これで自粛期間中にクラウドファンディングの誘いを送ってきたひとは三人めだ。

どれも顔見知りの自営業者からで、なぜか必ずＢＣＣのメールでやってくる。彼らの店の業態はギャラリーや食料品店などばらばらなのだが、そこで売っている物すべてが雑貨屋に置いても違和感がない、という点において、潜在的な雑貨屋と呼んでいいのかもしれない。どのメールも平たくいえば、ひとびとのつながりを守りたい、そのためにじぶんの店に支援してほしい、ひいてはあなたのその援助が文化を守ることになるのだという旨が書いてあった。文化？　おそらくソーシャルファンディングがなんなのか、私がよくわかっていないだけだと思うけれど、なんどか読みかえしているうちに、これが支援なのか商売なのか、公益なのか私益なのか、告知なのか宣伝なのか、それらのさかいめは見えなくなっていった。ごとっと外のポストにだれかが投函する音がしてわれにかえると、部屋はもう、じぶんの指のさきも見えないくらい真っ暗だった。机のうえのパソコンだけが、青白く浮かびあがっている。夜のコンビニに輝く殺虫灯に導かれた蛾のように、ぼんやりと私の手は「プロジェクトを支援する」というボタンにカーソルをあわせた。

汚部屋はどこへ消えた？

シンプルですっきりした部屋がいいのか、物にかこまれたごちゃっとした部屋がいいのか、というたわいもない論争はむかしからある。「適度に」という言葉さえ冠していれば、たいがいのひとはどっちだっていいんだろうけど、時代のなりゆきで、いくぶん前者に勝敗がかたむきつつあるのを感じる。そのせいなのか、私の身のまわりに山ほどあったはずの、住人たちの個性がどぎつく宿った愛すべき汚部屋《おべや》をほとんど見かけなくなった気がする。汚部屋という語彙が強すぎるならカオスな居住空間と呼んでもいいけど、それらはいったいどこへ消えたんだろう？　ほんとうに戸数が減ったのか、あるいは断捨離だのミニマリストだのといった言葉が跋扈《ばっこ》するメディア上で、ただマスキングされていて目につかないだけなのか。少なくとも私のインスタグラムのタイムラインでは、彼らの生存を確認することはできていない。物だらけで散らかり放題の混沌とした住まいは、いろいろな部屋のカテゴリーから圏外へと追いだされていき、もう擁護する、しないという議題ごとなくなったようにも見える。すがたをくらまし、声も聴こえない。でもほんとうなんだろうか？　私は本稿でそんな汚部屋をめぐる旅にでてみたいと思っている。個人の部屋なんて片付いていようが散らかっていようが好みの問題だし、どっちでもいいじゃないか、という正論が響きわたるなか、静かに身をかがめてみる。そして耳をすまし、足の踏み場もないぼろ家がたてる、ぎしぎしという音のほうへと忍び足で歩いていく。

＊

二〇〇一年五月某日。深夜零時五分。どうぞ、散らかってますが、といって招かれた部屋に私が足をふみいれたとき、さっきまでいたダン・フレイヴィン風の蛍光管で白く発光したショットバーとのギャップにめまいがした。靴がぬぎ散らかされた玄関から見えるリビングには、微妙にへこんだ畳に本やビデオテープがぎちぎちにかさなりあっている。奥の薄暗い寝間《ねま》をちらっとのぞくと、しおれた布団、壁にそって三十センチくらいの高さまで煉瓦の城壁のように積みあげられたカセットテープ、角ばった黒いオーディオ・セット、ガラスの灰皿、レコードなどで埋めつくされていた。なにものっていないターンテーブルが、赤いランプを灯したまま回っている。のぞいてはいけないものを見ているようなやましい感覚のあとに、なんとなく安堵するような気持ちがかぶさった。だれだってこんなもんなのだ、と。仕事とプライベート、昼と夜、心の外がわと内がわ……それぞれのあいだには他人の知られることのない深いふかいへだたりがあるのはあたりまえであって、萩森《はぎもり》さんが勤めるミニマルな職場と、ひとり暮らしの物に押しつぶされそうな部屋の印象が、どれほどはなれていようが一向にかまわないではないかと。むしろそのふたつを足して二で割った地点を目安に、ちょうどいい精神のバランスを保っているのかもしれず、したがって彼にとっては、この汚部屋がいま必要不可欠なのではないかとさえ思った。

萩森さんとは八ヶ岳の森にあるペンションの食堂で出会った。もうしわけていどに火がゆれる煉瓦造りの暖炉のまえで、彼は皺ひとつない生成りのシャツに焦茶色のツイードジャケットを羽織って座っていた。耳に銀の輪っかのピアスがふたつぶらさがっている。いま思うと顔や服装の感じが、テレビのドキュメント番組で見た新進気鋭の陶芸家にちょっと似ていた。たしかブラウン管のむこうにいた男は黒いターバンを巻き、全身をコム・デ・ギャルソンの服で包みながら、爆音のヒップホップをBGMにろくろをまわしていた。鹿だったか兎だったか地元でとれたジビエ料理や、庭でつんだバジルで鮮やかな黄緑色に染まった貝殻状のパスタなどをひととおり食べたあと、テラス席に移動して珈琲を飲んでいたときに「今日、竹とんぼ飛ばしてませんでした?」と萩森さんに話しかけられた。

「いや……ひとちがいですかね……」

「相席いいですか？　まだお若いですよね」

「大学三年です」

「こんな時期に？」

「短い休みをとって、課題のレポートを書いてまして……」といって、参考資料にもってきた監獄に関する分厚い本をこれ見よがしにもちあげてみたものの、じつはこっちにきてからレポートは一行たりとも進んでいなかった。ただ、ひと里はなれた山小屋にたたずむ孤独なじぶんに酔っていたとしかいいようがなく、あとになってふりかえってみると、このあと何年にも渡ってつづく「文豪プレイ」と呼んだ病の初期症状でもあった。ちなみにその日の昼ごろには、机に座っていることにすっかり飽きていた私は、近くの道の駅まで行って土産物の漬物を試食したり、木工の体験教室に参加してつくった竹とんぼを飛ばしたりして時間をつぶしていた。終始、なんでこんなところで竹とんぼを飛ばさなくてはならないのかと自問しながら。日がかたむいてくると、なんともいえない寂しさを引きずりつつ、濃い闇と霧に足のつま先が飲みこまれるまで林道をさまよった。

昨日からつづく弱い雨でしとどに濡れた庭の木立を見ている。グローブ型のクリームパンのような黄色い葉をしげらせた檀香梅《だんこうばい》の根元で、小さい茸が携帯電話みたいに一定のリズムで震えていた。実際はほとんど読んでいなかった監獄の歴史書を萩森さんが指さして「先日、江戸時代の末から明治のあたまにかけて、日本の牢屋を舐めるようにえがいた本を買って……」と語りはじめた。私が泊まっていた小屋に移動してからも夜半まで話し、彼もこの宿に東京からきていて、普段は麻布でバーテンダーとして働いていることを教えてくれた。

私が名刺をたよりにショットバーにおもむいたのは、それから半年後の年をまたいだ春の宵で、ミクロストリアという電子音楽家のライブを青山へ観に行った帰りに、急に思い立って麻布へと足をむけた。陰々としながらも心地のよいノイズの余韻に浸りながら、新しい世紀をむかえたばかりの夜の骨董通りを歩く。ひと出も多く、みなどこか浮き足立っているように見えた。ブルーノート東京に折れる道のかどで、筮竹《ぜいちく》をかかえた易者《えきしゃ》が警官の職質にあっていた。首都高をくぐって五分ほど南下し、萩森さんが雇われていた地下のバーに着く。階段を降りた十坪ほどの空間はぴかぴかの白いタイル貼りで、壁のいたるところにそなえられた蛍光灯のせいで異様にまぶしい。カウンターの丸い回転椅子のほかにカッシーナの黒革のソファがあって、ジャミロクワイが「ヴァーチャル・インサニティ」

を歌いながらムーンウォークしていたスタジオにそっくりだなと思った。まったく落ち着かない。

＊

萩森さんの部屋がよみがえってきたのは、大学を卒業してしばらくしたころ、都築響一《つづききょういち》『トウキョウ・スタイル』（筑摩書房）をぱらぱら読んでいたときのことだ。同書はもともと京都書院から一九九三年にでた巨大な写真集で、九七年に文庫化されるも、その二年後に版元は倒産。私は二〇〇三年に復刊されたちくま文庫版を、雑居ビルの地下にあった吉祥寺のヴィレッジヴァンガードで買ったように思う。『トウキョウ・スタイル』には、一九九一年の暮れごろから九三年のあたまごろまでに記録された東京の部屋が百ちかくのっている。お金持ちの小ぎれいな家はいっさい登場せず、どのページも萩森さんちに漂っていた湿った空気をはらんでいた。リアルな、という言葉はやっかいだからつかわないけれど、けして洗練を極めたインテリア雑誌にはでてこない、どこにでもありながら、でも戦後四十年、ライフスタイルを失ったまま突っ走ってきた日本人が必死で見てみぬふりをしてきた市井《しせい》の住みかであった。まさにバブルの崩壊と時をおなじくして採取された大都会の寝ぐらは、基本的には物だらけだけど、あるていど整頓されたものから、いまなら汚部屋に分類されかねないものまでいろいろそろっている。それを「ぼろくて散らかった部屋」といいつつ、同時に「安くて居心地のいい部屋」と呼ぶように、都築さんは徹底して彼らの生《せい》を擁護していく。鴨居にかけられた洗濯物を「部屋の一角が自然とウォーキング・クローゼットに」といい、雑然とほうりだされたちゃぶ台を「床も収納のうちだと実感させられる」とコメントする。もしくはインテリアデザインになんの興味も抱かないひとを「他のことに時間とエネルギーを使いたい人種」といい、片付けられない部屋を「心地良いカオス」と呼ぶ。その言葉と言葉のあいだには、静かな義憤と愛情が宿っている。これこそが「圏外編集者」としての彼の仕事の出発点なのではないだろうか。

『ポパイ』や『ブルータス』といった流行雑誌の編集者としてキャリアをスタートさせながら、創刊以来、都市文化のうわずみをとらえ、提示し、読者を啓蒙しつづけてきたマガジンハウス的な、ドメスティックでおしゃれな流れのなかに、みずから手を突っこんでは攪拌《かくはん》し、ふたたび川底に沈みこんでしまった濁りを呼びもどそうとしていた。それは一見、私の雑貨論がときどきふくんでしまうような、逆張りやルサンチマンやポジショントークに見えるかもしれない。でもけしてそれだけじゃない。文庫化するまえのオリジナル版にはほぼ全ページに英語の説明文をつけて、このスタイルなき混沌とした住まいの集積を、あえて『トウキョウ・スタイル』と命名したあたりに都築さんの賭けているものがあるのだと思う。あとがきにはこうある。

「本書はテクノロジーも、ポストモダンもワビサビも関係ない単なる普通の東京人がいったいどんな空間に暮らしているのかを、日本を外から眺めている人たちにある程度きちんとしたかたちで紹介するおそらくはじめての試みである。家賃を何十万も払えない人々がどんなふうに快適な毎日を送っているのかを、僕はテクノロジーと茶室や石庭がごちゃごちゃに混ざったイメージ・オヴ・ジャパンがはびこるなかに情報として投げ込んでみたかった」

毎日、インスタグラムや雑誌メディアで他人の居住空間をながめつづけていると、われわれはスマホのおかげで美的な見識をどんどん深め、かさばる物ももたなくなり、安くて立派な収納家具もかんたんに手にいれられるようになって、つまり私たちはみな相対的なミニマリストとして、あの汚部屋の光景からずいぶん遠くにやってきたように感じることがある。しかしいうまでもないが、この手の乱雑な小部屋はいまもむかしも、多少見ためを変化させながらずっとどこかにあるのだ。臭い物に蓋をする道理として、ただ建築雑誌やインテリア雑誌にはのらなかっただけで。もしバブル末期に、この特異な好奇心をもった編集者がカメラを手にしていなかったらと思うとぞっとする。『トウキョウ・スタイル』が残されたおかげで私は、おしゃれに進化した者たちの住まいにも、その薄いコンクリートを一枚引っぺがした足もとの暗渠《あんきょ》には「家賃を何十万も払えない人々」とおなじスタイルなきライフスタイルが流れていることを確信することができた。いくら欧米風の豊かな暮らしを完璧にコピーしようとも、いくらみごとに「イメージ・オブ・ジャパン」への回帰を果たそうとも、足もとには泥流《でいりゅう》が走っている。そして数百枚にわたる本書の生々しい写真が、三十年後の私に消えいるような声でこう呼びかけている。けっしてそこから目をそらしてはならない、と。

＊

都築響一さんが木村伊兵衛賞をとった代表的な仕事『ロードサイド・ジャパン　珍日本紀行』（アスペクト）の文庫版が二〇〇〇年に発売され、その翌年に『トウキョウ・スタイル』の続編ともいうべき『賃貸宇宙』(筑摩書房)が出版された。前作をはるかに超えた約八百五十ページにおよぶ大辞典のような写真集で、上下巻で文庫化されたものの絶版になったままなのであまり知られていないが、私はもっとも好きな都築さんの仕事である。一九九三年から二〇〇一年までの九年間に、東京のみならず京都や大阪をふくめた三百人以上のひとを撮影取材した記録で、もちろん今作でも金持ちは皆無。なぜか全裸の住人がところどころにでてくるのが気になるところだが、以前にも増してひとびとの多様な生きかたにスポットが当たっている。もちろん、ときに「サブカル」などと揶揄《やゆ》され文化芸術に淫《いん》したマニアックな人間が多いのは否めないけど、あまり光の当たらないさまざまな人生の肯定、という都築さんの全仕事を俯瞰的に見るならば自然と浮かびあがってくるテーマが、ここにはすでに、もっとも壮大で、もっとも理想的なかたちで結実していると思う。その後はアウトサイダーな詩人、インディーズ演歌歌手、八十八歳の現役AV男優、アイドルとヲタ、暴走族、独居老人など、より微細な界隈へ深くわけいって、ユニークな生きざまをカメラと筆でとらえるようになっていく。

さらに二〇一七年にでた、七十人のひとに七十枚のTシャツのエピソードを語ってもらう『捨てられないTシャツ』(筑摩書房)までいくと、もはやメインの服がかっこいいとか悪いとかはどうでもよくて、Tシャツはあくまで多様な人生を写しこむメディアにすぎなくなっている。途中から都築さんは、Tシャツにアイロンをかけて写真を撮る以外、編集者に徹していたらしい。まえがき「エヴリTシャツテルズアストーリー」にもあるように、これはまるでTシャツを介した日本版『ナショナル・ストーリー・プロジェクト』（新潮社）のようだった。『ナショナル・ストーリー・プロジェクト』とは、アメリカの公共放送局NPRで番組をうけもつこととなった小説家のポール・オースターが、リスナーに個人的な実話の投稿を呼びかけて集まった、なんてことのないひとたちの、なんてことない、でもじつに豊穣な人生の物語集だ。都築さんのキャリアのなかではかなり地味な本だけど、『捨てられないTシャツ』も『ナショナル・ストーリー・プロジェクト』と同様、たかが着古したTシャツの話から広がる、かけがえのない実人生の物語となっていて、ときおりじんわりと私の胸を打った。それは『賃貸宇宙』カバーに書かれた「「大したことない人たち」の大したライフスタイル」という十六年まえのコンセプトから一歩もずれていない。

ちなみに、本書には匿名で『アンアン』から『オリーブ』までマガジンハウスの黄金期の雑貨文化をささえた伝説のスタイリストであり、のちに物書きに転身した吉本由美さんと、いわずと知れた作家の村上春樹さんがまぎれこんでいて、ふたりは都築さんとの共著『東京するめクラブ 地球のはぐれ方』（文芸春秋）の面々でもある。京都府出身、六十八歳男性の小説家が語るホノルルマラソンの話は、その後の『村上T』（マガジンハウス）の前哨戦のようなかんじだし、熊本県出身、六十七歳女性、著述家のGAPの服からつむがれる物語は、長い人生ののぼり坂とくだり坂を淡々とえがきだした吉本さんのすばらしい自叙伝『イン・マイ・ライフ』（亜紀書房）のダイジェスト版ともいえる。そんな親しい三人組がものした『地球のはぐれ方』は『賃貸宇宙』などとおなじアティチュードをもって、名古屋、熱海、ホノルル、江ノ島、サハリン、清里《きよさと》などへおもむいては、ちょっと微妙だったり、廃れていたり、ださかったり、知らないあいだに消えてしまいそうな大した、いいかいことのないスポットや物を見つけて、愛《め》でてはけなし、けなしては愛でていく。

「人間で住んでるところで、おもしろくないところなんてないのだ」

この都築さんの言葉は『地球のはぐれ方』のあとがき「幸せの敷居」のなかにでてくる。彼の至言《しげん》は、以前どこかで私が弄《ろう》した「たとえその物がどんなに野卑《やひ》であろうと高尚であろうと、目の前に偶然さしだされた物に心を近づけ内がわにすりぬけることさえできれば、なんとだって語らえる」という雑貨屋なりのささやかな弁明に、いまもひとすじの光を投げかけてくれる。

話は『賃貸宇宙』にもどる。本書にはとんでもない汚部屋から、ありえない物――アーケードゲームの筐体《きょうたい》、ビニール製の鳥居、プロレスのリング、ＴＭレボリューションの祭壇など――を飾る猛者《もさ》たち、物をほとんどもたずに暮らす清貧的なミニマリストまででてくるが、『トウキョウ・スタイル』のころとくらべて、全体の平均値としては物の数がほんの少し減って小ぎれいになった気もしなくもない。おそらく写真によっては最長で十年のひらきがあるので、テレビからパソコンに置きかわっていたり、レンタルＣＤの録音用として重宝されたカセットがすがたを消したりしているせいもあるだろう。とはいえ、作者もいうように基本的に大きな変化はなく、あいかわらずそこらへんじゅうを雑貨がどんよりと埋めつくしていて、ときどきじぶんの店を見てるような錯覚におちいってしまう。

『トウキョウ・スタイル』とくらべた『賃貸宇宙』のおもしろさは、ときどき素っ裸の男女の残像が心霊写真のように登場することや、都築さんの写真がずいぶんとうまくなっているとことのほかに、膨大なページのすきまにちょこっとずつはさみこまれた小文にもあると思う。そこでは本書の居住空間を彩る日本ならではのさまざまな道具に言及している。ファンシーケース、柄物家電、電気カーペット、多機能学習机、お風呂場用ブーツ、ビニール傘、ひものついた丸い蛍光灯、タオルケット、便座カバー、ママチャリ……。ちょっとしたバーベルなみの重さがある『賃貸宇宙』をぱらぱらめくりながら、何人のひとがあのエッセーを拾い読みしたのかはわからない。だが抱腹絶倒の文章のむこうに、明治のころは西洋と東洋のあいだで、昭和になれば、戦前の国粋的な影と戦後のアメリカの光のあいだでねじくれてしまった、日本という特異な精神文化を、どうにかこうにかおもしろい言葉に乗せて海外に紹介すべし、という強いミッションを私は感じた。もちろん前作の京都書院版とおなじく全文に英訳がついている。このねじれは、日本人のスタイルなきライフスタイルにも、そこから派生した私がやっているようなわけのわからない雑貨屋にも、それをささえる国民の異様に高い雑貨感覚にも多大な影響をおよぼしているだろう。なかでも私のお気に入りは「実家のインテリア」と「ドリーム・ハウスを探して」だ。彼に尋常じゃない数のシャッターを切らせた仮想敵はなんであったのか。その答えがあぶりだされた、ギャグと怒りがないまぜとなった短い論考である。

都築さんは「実家のインテリア」において、日本人が究極的にリラックスできる場所はふたつあって、それは温泉と実家だと断言する。ここでいう実家とは、適度に散らかった部屋に蜜柑ののったちゃぶ台があり、さえない和洋折衷の家具にかこまれていて、なんの気がねもない……これはもはや、社会からほとんどすがたを消しつつある幻の住まいである。というか、絶滅危惧種だからこそ賞揚しているのだろう。さらに彼はいくどとなく大まじめに、フローリングに置かれた大きなソファも「高級なイタリア家具も、暖炉の前の高価な毛皮も深い哲学を秘めた茶の湯も」、実家のたんなる居間にはかなわないといいはる。すぐさま、そんなのひとそれぞれでしょう、小汚い実家より落ち着く小ぎれいな場所がいっぱいあるでしょう、という正しい反論が聞こえてきそうだが、これは『賃貸宇宙』のようなアートブックを手にする読者層にむけた彼なりのパフォーマティブなバランスのとりかたなのだ。なぜここにこんな物があるのか、という合理的な理由を問われると、そこに住むひとみんなが首をかしげてしまうような、実家という名の自生的な空間。都築さんが仕事の軸足をおいてきた、見ための美醜でものごとを選別しがちなアート系やデザイン系の出版界において、そんな不合理な居場所をなんとか守ろうとしている。

もうひとつの「ドリーム・ハウスを探して」では、都築さんは最大公約数的な日本人が

「そこそこのお金と土地があって好きな家を建てられるとしたら、いったいどんなスタイルの、どんな趣味の家になるだろうか」という、なんともまぬけな思考実験をしていく。われわれの思いえがくドリーム・ハウスとは、けっして大金持ちが好むような有名建築家やインテリアデザイナーのおしゃれな空間ではなく、ましてや数寄屋づくりの和風住宅でもない。それは八〇年代に一世を風靡し、現在ではまさにバブルとなってはじけて夢の残骸と化したペンションなのだと喝破《かっぱ》する。『アンアン』などの女性誌で煽られブームとなった清里、原村《はらむら》、白馬《はくば》といったエリアを実際におとずれ、そのかつての私たちが罹患《りかん》したわけのわからない幻想から彼は目をそらさない。ニューイングランド風、スイス風、スコットランド風、コロニアル風、赤毛のアン風のクリーミーな、あるいはウッディな質感の家々。芝生の庭、大型の洋犬、ドライフラワーの束、フランス風の料理、手づくりケーキ、そして暖炉、なんやかんや……。

いましがたキーボードを打鍵しながら私は、八ヶ岳のペンションで、ステーキの横にそえられたマッシュポテトの、さらにその横にそえられたクレソンを黙々と食べている記憶がよみがえってきた。暖炉では薪がはぜ、リコーダーのカルテットが「大草原の小さな家」

をかなでている。水をつぎにやってきたオーナーらしき初老の女が、萩森さんに「朝に話したブランコ乗った？　池のほとりの」と声をかけている。そういえば私も昨晩、調理場にいる夫とおぼしき男からブランコをすすめられていた。

「いやあ、でっかい白鳥は見ましたけど……」

「ああ、鵞鳥《がちょう》のネメちゃんね。ほんとはネメシスっていうんだけど……それよりブランコ乗って願いごとすると、ぜったいかなうからー。うちのお客で、すぐに彼女できたひともいるのよ」

バブル前夜の東京から、電気も水道もない寒村に一家で逃れてきた彼らのなかで、開拓者特有のアニミズムと、八〇年代にわれわれを惑わした各種メルヘンが高度に混ざりあっていた。唐松《からまつ》の黄色い葉っぱに囲まれた広い庭には、ここは瞑想の小道だからああすべし、奇跡の泉だからこうすべし、願いがかなうブランコだから乗ってみるべしだのと記された、いろんな看板があった。もしスナフキンがここをおとずれたら、荒れ狂って庭じゅうの立て札を引っこぬき燃やすはずだ。あたりを見まわすと、ヘリンボーンの床にいなかったはずのシェパードが寝そべり、マントルピースのうえになかったはずのドライフラワーがあった。もはや「ドリーム・ハウスを探して」を読んだあとの私には、そこになかっ、たという確証がもてない。しばらくすると手づくりケーキも運ばれてくるのだろう。そしてこのすべての幻を享受しながら、阿呆な二十歳の私は文豪プレイにいそしんでいた。

ペンションこそがわれわれのドリーム・ハウスなんだ、という都築さんの確信の裏づけがどこにあるのかは知らないが、私にはみょうに腑に落ちた。そういえば以前、私は日本人の最大公約数的な理想の場所としてのディズニーランドについて考えてみたことがあった。そこもまさにペンションとおなじクリーミーでウッディでメルヘンな、縮尺もほんのり小さく、この世から威圧感というものをぜんぶ排したような西洋風の建造物に埋めつくされていた。同時代に生まれたペンション群と東京湾岸に広がる鼠の王国。前者は廃れゆく運命にあったが、後者ははたゆまぬ成長をとげていった。われわれの海のむこうへのゆがんだ羨望《せんぼう》は、こんなふうにかたちを変えて連綿と生きている。

前述したように、一九九三年にでた『トウキョウ・スタイル』と二〇〇一年にでた『賃貸宇宙』に登場するひとびとの住まいには、あまり変化がない。ということは、その後の日本が歩むことになる長いながい経済の停滞期を予見的にあらわしていたんじゃないかと私は思っている。都築さんは、バブル崩壊の影響を大きく受けたのは金持ちたちであって、最初からもたざる者は大した被害をこうむらなかったので変化していないのだと楽観的にかまえていたけれど、実際はそのあと二十年をかけて、富める者と貧する者の格差は体感できない速度で開いていった。なのに、みながデフレの恩恵のなかで――いや、その後の円安と輸入インフレのなかでも、楽しそうにユニクロを着て、イオンや西友で野菜を買って、セブン・イレブンのコーヒーを飲んでいるかぎり、もはや街ゆくひとびとがどのくらい金持ちなのか貧乏人なのかは見た目じゃわからなくなった。部屋はどうだろう？　きっとイケアや無印良品といった安価だけどよくできた収納家具を張りめぐらすことで、貧富のちがいはますます目につきにくくなっているのかもしれない。でも残酷な話をすれば、持ち家と賃貸、築浅《ちくあさ》と築古《ちくふる》、マンションとアパート、鉄筋コンクリート造と木造、フローリングと畳……時代が変わろうとも、そういうお金の多寡《たか》がものをいう生活の物理的条件はあまり変わらないはずだ。

『トウキョウ・スタイル』から三十年。なにより大きな変化は、スマホのなかにあらゆるメディアが折りたたまれて、壁一面を本やビデオテープやレコードが覆った風景を猛スピードでかき消しつつあることだろう。いまオタク、サブカルなどという蔑称をゆるやかに超えた、趣味嗜好のために物を溜めこむことが本懐でもあったひとびとの生態系は、どうなっているのか。そんな愛すべき汚部屋の魂は、なにすがたを変えたんだろう？　私は見つけなくちゃならない。インスタグラムの小窓の先の断片化した生活からはけしてうかがい知ることのできない、二〇二〇年代の『トウキョウ・スタイル』を。都築さんがいう「不満はまったくないわけでもないが、もっと広い部屋や家を買うために、自分の人生をゆがめたくない人たち」が愛した寝ぐらは、いまどうなっているのかを。

部屋とメディアと私

　ある日、店にドイツの知育玩具メーカーから蜜蠟のキャンドルがとどく。ひと箱、二十四本入り。でもセットで一万円もするのでいつまでたっても売れない。世のなか、家に何十本もの蜜蠟を常備したいひとなんてあまりいないのだろう。ためしに一本、五百円にしてばらで売ってみると、あれほど見むきもされなかった物がみるみるうちに減っていく。こんなふうに、むかしからばら売りは客単価の低い小商いの基本であったし、そこにはつねに商材を切実な生活必需品としてではなく、ささやかな嗜好品としてしか買ってもらえない雑貨屋の宿命があらわれている。

　この古い商売の帳場から最新のインターネットの世界を毎日のぞいていると、そのなかでもばら売りとよく似た行為がくりかえされているような気がしてくるから不思議だ。だってテクノロジーの力でものごとをどんどんと細かくわけていくことで、消費者と接触する機会を増やしていくすべが、ウェブ上のそこかしこでくりひろげられているのだから。この断片化する力は、ものごとの価格を安くしたり、コンテンツを短くしたり、消費スピードを速くしたりすることで、あらゆるひとのライフスタイルのすきまに染みこんでいく。短い時間しか割けないいそがしいひとにも、ひとつのことにあまり深い関心をもたないひとにも、お金をなるべくつかいたくないひとにもはたらく新しい力。

たとえば短文や細切れの動画でコミュニケーションするＳＮＳを、言葉や時間の断片化としてとらえることもできるだろう。長ったらしい文脈から切りはなされているからこそ、どんなリテラシーをもったひとでも楽しく参入できるし、短いやりとりで流通速度を上げればあげるほどページビューは増えて、サービス会社の広告収入は増えていく。おかげでしょうもないことでバズったり炎上したりもするわけだが、もちろんその燃え広がるプロセスすらも、広告収入が増えるという一点においてシステムにうまく組みこまれている。

もう少しちがった角度から見てみると、物理的な商材をあつかうアマゾンだって、某短文投稿サイトとおなじインターネット宇宙の断片化という、大きな流れの一端として語ることが許されるかもしれない。なぜなら、アマゾンのあの多様な品ぞろえは、これまで固有の物語や文脈でつながれていた店と物のくびきをつぶして、いったんぜんぶをばらばらな状態にすることではじめてなりたつものなのだから。あたりまえになりすぎて忘れていたが、そのかけらをもういちど同一フォーマット上にきれいにならべなおしてやることで、私たちはモニターに広がる膨大な商品カタログから、自由に気がねなく買いものをする喜びを勝ちとったのである。

このように巨大なプラットフォーマーを夜空からながめれば、ユーザーは、広告主や販売企業のために資本の大河を堰《せ》きとめてつくった生簀《いけす》に集まる、魚の群れのように見えてくるだろう。さらに望遠鏡の倍率を上げていくと、われわれはなによりまず、泳ぎかたや餌の食べかた、どんな海からきて、どんな種類の心と体をもっているのかといった、つまり行動履歴や個人情報をこまごまと明け渡すことを条件に無料の遊泳を許された、じつにか弱い存在であることに気づく。でもその代償はあまりに小さく砕かれているので、だれもがなにかをさしだしているなんてことを気にとめる余地は生まれない。ときおり、おのれをふくむ消費者が群れとして管理されていて、大量のユーザー情報がプラットフォームへと吸いだされていくSFめいた絵が、ちらちらっとあたまをよぎることがあるかもしれないけど、そんなことはすぐにさっぱり忘れてしまう。なにか被害をこうむったわけじゃないし、どうせやめられないのだから。こうして、私に似た嗜好のだれかから吸いあげた情報でつくられた、予測商品という名の、短期的には確実に売れることが約束された物が今日も店のポストに投函される。ともかくいま、物理的な物であろうがウェブ上のヴァーチャルな行為であろうが、金融派生商品であろうがストリーミング・サービスであろうが、ミクロであろうがマクロであろうが、資本がテクノロジーを手にいれればおのずと断片化のほうへと傾斜する。映像も文章もどんどんコンパクトになっていき、流通とマッチングの速度はどこまでも上がっていく。

一方、二〇一〇年代のなかごろぐらいからだろうか、ブロックチェーンが中央集権的なGAFA《ガーファ》の時代をいずれ終わらせる、などという威勢のいい声が対岸から木霊《こだま》するようになってきたのは。もう心配はいらない、これからは個々人がふたたび権力をにぎるウェブ3《スリー》が台頭するのだから、と。彼らはしきりに船に乗りおくれるな、という。しばらく聞き流していたものの、急にいてもたってもいられなくなって、私は雑貨をばら売りして手にいれた金で暗号通貨を買いに走った。いまその透明なコインをにぎりしめながら、GAFAよりもうちょっと先にある、まだ夜が明けぬ岸辺——ステーブルコインやダオや非代替性トークンによる中心がない経済を、ふらふらと周遊しはじめている。正直いって、ウェブ3によってもたらされる革新的未来はまだわからない。でもたとえば、あらゆる記録媒体から人類の歩んだハイライト・シーンをぬきだして、くまなくNFT化して売らんとするサイトなんかを見ているると、その新大陸さえも、私の帳場を行き交うばら売り商法の、はるか延長線上にあるように思えてしかたない。

以上のようにスクリーンのむこうがわでは、ものごとが星くずのように細切れになって輝く雲をつくり、すべてが一分でも一秒でも速く、一ビットでも一円でも多くの利を巻きこみながら流れている――少なくとも私にはそんなふうに見える。二十四本の蜜蠟をちまちま一本ずつ売るような原始的な物売りが、インターネット上の高度な世界に口をはさむなんて笑止千万なのかもしれないが、ときどきふと、この惑星規模での最速の消費合戦を根底で支えているものがいったいなんなのか、わからなくなる。ほんとうに、ひとびとは生活の必要性や利便さや娯楽のためだけに、時間や文脈が細切れになったにぎにぎしい星空をさまよっているのか？

するとかならず私は、まだインターネットの夜空に星の光もまばらだったころ、ほうっておくと漠とした将来の不安をふくらませていく暇で退屈な時間から逃れでるために、ありとあらゆる努力をついやしてきた日々を思い出してしまう。断片化の根底には、商売人たちの金もうけだけじゃなくて、われわれの暇や退屈への深い恐怖心も横たわっているのではないか。もしかしたら細切れの世界を強く望んでいるのは、言葉というものを手にいれて高度に発達しすぎたせいで、ぼーとしていることに耐えきれなくなった人間の心や脳みそじたいなのかもしれない。意味の呪いにかかった者は、他の動植物のように無為の時間を長く受けとめきれない。だとしたら私はじぶんの過去にもぐって、昼夜をとわず不安を忘れるために、ひとつひとつ身のまわりのメディアを駆動して、なにもない時間を埋めていったプロセスを、いまこそふりかえってみなくちゃならない。

＊

大学の在学中、とくになんの感慨もなく世紀の境をまたぎ、そのちょうど十か月後、私は奇妙な読書法にとり憑かれることになった。まず、真夜中に部屋の明かりをすべて消して、カーテンをすきまなく閉めるところからはじまる。ベッド右手のソニー社製のテレビデオをつけ、画面の角度を変えながら、ちかちかと壁に光を投げかけるのを確認したらすぐに消音ボタンを押す。ブラウン管のいいところは、天板をテーブルがわりにいろんな物が置けるという点であり、携帯電話とポテトチップスと飲むヨーグルトと水をのせておく。足元のラジオは、ほとんど話の中身がつかめないくらいの小音で深夜の問わず語りを流す。換気扇は回したまま。ときおり遠くで中央線が線路のつぎめをふむ音が響く。「いせや」という巨大な掘っ建て小屋のような焼き鳥店の勝手口から、最後まで残っていた料理人がでてきて鍵を閉めている。ベッドから一番はなれたところにある扉のわきの小机に、まだできたばかりの「いちごびびえす」という掲示板を映じたノート型パソコンをわざと放置しておいて、数分後にはスリープ状態となり、スクリーンセーバーの海豚《いるか》たちが泳ぎだすのを待っている。パソコンの青色光《あおいろこう》が書棚のごみごみとした雑貨を照らしだす。画面に海豚を確認したら最後、左手のラジカセになるべく長尺で、音量の振れ幅が小さい、毒にも薬にもならないようなCDを小音でセットする。おだやかなクラシックやジャズの一節をレコードからサンプリングし、ピッチを落としてループしただけ、みたいな一曲を、私がさらにループ再生する。あとは布団にもぐりこみ、本をひらくだけ。しばらくすると暗い部屋の四方に配されたテレビ、ラジオ、パソコン、ラジカセなどから、それぞれ微弱な光や音にのって運ばれる情報の波が、ぶつかっては相殺し、意味をなさなくなるような凪いだ時間がやってくる。あたまのなかがからっぽになって、たくさんの不安が像をむすばなくなる。気づくと私の意識は本のなかへと導かれ、物語をひろいはじめる。なぜだろう、日中、山あいの静かな大学図書館で本を読むときの何倍ものスピードで、心の底に活字が降りてくるのは。なんだかこうやって記述してみると狂気の沙汰に思えてくるが、学生らしい不安定な情緒をかかえた当時の私は、二十一世紀初頭に存在するありったけのメディアをつかって、なにかから逃れ、なにかに入りこむための装置をつくろうとしていた。

もちろん、この書見をうながすための忘却と集中の装置を、だれかに相談してつくったわけじゃない。むしろだれにもばれないように、毎晩ひとりで試行錯誤をかさねた果てに完成したのだが、じつは明確なモデルがあって、それは上京してまもなく味わった近所のいくつかの喫茶店での読書体験だった。私は週に何度か、学校の図書室で借りた本をかかえ、吉祥寺駅ちかくのストーンやくぐつ草《そう》といった、都市の地下世界にうがたれた隠れ家のような場所へふらふらと吸いよせられていった。そして机に座れば、重い扉の開閉音が、大音量の古いジャズが、客の喧騒やオーダーをとる店員の声が、食器とカトラリーの触れあう音が宙を舞い、ぶつかっては掻き消しあい、心地のよいホワイトノイズとなって身体をつつみこむのを感じた。話し声はするけれど、語らいの内容がぎりぎり汲みとれないくらいに混じりあっていて、読書のじゃまにならない時間と空間。それはまだ街にとけこむことのできぬ田舎者のわびしさを薄め、文字を追うことの快楽へ逃げこむ手助けをしてくれた。ざわめきのなかでなにかを忘れ、なにかに溺れる。本のなかで、なにかを考えることもまた、なにかを忘れることなのかもしれない、とうっすら気がつきながらも。じゃあ、あのとき私がほんとうに逃れようとしていたものはなんだったのか。

それから、あっというまに四半世紀が過ぎた。ストーンはとっくにすがたを消し、その後、おなじ街で好きになったカフェもことごとくつぶれていった。エービーカフェ、ズミ、宵待草《よいまちぐさ》、フロア。くぐつ草だけが生き残ったけれど、ひとりで行くことはずいぶん減った。私も住みかを五回変え、いまはちがう街に住んでいる。むろん闇夜に部屋じゅうのメディアをつけっぱなしてくりひろげた奇行は、あれ以来やっていない。反対にちかごろは歳のせいか、無音じゃないと気が散ってなににも集中できなくなってきた。まさかネットで高性能な耳栓をさがしもとめる日々がくるなんて……。だから、かつてのむさぼるような読書体験は見る影もない。寝床でなにも考えずにスマホをスクロールしているうちに本をひらくことなく眠ってしまう、なんてことがずいぶん増え、読書は細切れになってしまった。本は積みあがるばかり。そう考えていくと、私のせまい部屋をにぎやかに彩り、大手をふって鎮座してきたテレビやラジオやCDプレイヤーやゲーム機といった面々が、手のひらのうえの小さなコンピュータにおさまってしまったことが、過ぎ去りし時間における一番大きな変化だったのかもしれない。それまでずっと、あたまをからっぽにすることは、なにか大切な本の世界に没頭するための手立てにすぎないんだと思ってきた。でもほんとうにそうだったのだろうか。

あの古いメディアを四隅に配置したなつかしい部屋が、記憶の淵からするすると浮かびあがってきたのは、ちょうど疫病が何度めかの変態をくりかえし、一日あたりの感染者数の最高記録を叩きだしていた暗い晩夏に、とある常連の男と店でしゃべっていたときだった。いつもはキャッパーのような小さな皿状の帽子をかぶっている坊主あたまの男だったが、その日だけは、クラウンの高さが異様に浅いポークパイハットがのっかっていた。彼は文具を買って会計をすませたあと、ひとしきり、いつも事務作業をやっていた駅前のロイヤルホストに行きづらくなってしまった時世をなげいていた。具体的になんの仕事をしているのかは知らないが、日経新聞で株価をチェックするのが朝の日課だといっていたのでデイトレーダーなのかもしれない。

ロイヤルホストに行けなくなった話を聞き進めていくと、あろうことか、男は腐心のすえにファミレスの音環境を再現した音声動画をユーチューブで見つけだし、いまでは自宅でそれを延々流しながら仕事をしているらしかった。「もうロイホに行く必要ないね。伝染病が終わっても」と力なく笑った。でも広告なし、ってやつを探さないとだめですよ、と念をおしながら教えてくれた動画は、サウンドスケープの再現というよりも、まんま現場をマイクで録音したフィールドレコーディングであった。暇な大ファンが盗み録りでもしたのだろうか、長さも三時間弱ある。「さまざまなファミレスが選べるんですよ。ノイズキャンセリングのヘッドフォンをすれば、音がとぎれるまで、そこが自室だったことを忘れるほど仕事に没入できる」と、まるで営業マンが自社製品を説明するかのような口ぶりだった。しかも最近は擬似ファミレスの音声にくわえて、やはりデイトレーダーだからなのか、いくつも所有するでっかいモニターをつかって無音のゲーム実況を流し、ときにはさらにヘッドフォンをはずしてスマートフォンからストリーミングで音楽再生することもあるそうだ。文字にするとずいぶんややこしい状況に思えてくるが、パソコンからでるユーチューブの音とスマホでかけている音楽が、彼の部屋で混じりあい、まるでファミレスの店内BGMに聞こえるらしい。

「いや、それ、あたまが混乱するでしょう」と返しながら、私の脳裏にはくっきりと、明かりを消した部屋で、ひとり夜な夜なくりひろげていた睡眠導入ならぬ読書導入の儀式が浮かびあがっていった。テレビ時代とインターネット時代にわかれた、ふたつの部屋。そのどちらの世帯主のあたまがへんなのかは、もうすこし話しあってみないと決められないが、それぞれ魔法陣のように張りめぐらしていたメディアのもつ、べつの現実にのめりこむための技術力に、雲泥の差があることだけははっきりとわかった。テクノロジーの躍進にほんのすこしでも疑義をていするようになったら、あわれなラッダイト運動家のそしりをまぬがれないことぐらい承知しているけれど、その行きつく先にある世界で、私のちんけな稼業がとりつく島は残されているのだろうかなどという身勝手な不安がいつまでも残った。ともあれポークパイハットの男からファミレスの話を聞いてから、私のなかでなにかが変わった。

＊

電車のなかでスマートフォンをいじる手を止め、むかいの座席に目をやると、十一人中の十人がさっきまでの私とおなじようにスマホを凝視していた。右から三番目の赤いPコートを羽織った女性だけがひとり、おそらく私の背後に広がる景色をぼけーと見つめている。「つぎは御茶ノ水、御茶ノ水。お出口は左側です……」とアナウンスが流れはじめ、外濠《そとぼり》の石塀か、そろそろ色づきはじめる唐楓《とうかえで》の街路樹でも追いかけているのだろうと想像した。それにしてもスマホをもたず一点を凝視する彼女だけが、あたりからくっきりと浮いていた。むかしは多勢だったはずの、なにもしていない人間——ある意味で、情報をすきまなく部屋に敷きつめた私の偏執的ないとなみとは真逆の、ただただ時間を無為に過ごすひとのすがたが、これほど異様に映るとはどういうことなのだろうか。いったい、いつのまに立場が反転してしまったのか。ポークパイハットの男と会話したあの日以来、電車のみならず公園でもカフェでも、スマホも介さず、ひとりべつの世界に入りこんでいく人間の横顔がみょうに気にかかるようになった。

またこんなこともあった。たしか一年くらいまえ、クラブハウスという音声でコミュニケーションするSNSが日本にやってきて、私のあずかり知らない場所で大盛りあがりしていたころ、「耳の可処分時間」なる言葉が飛び交っていた。とあるネット番組ではテックにくわしい識者とスタートアップ起業家たちが、目の可処分時間はあまり残されていませんが、耳の可処分時間はまだブルー・オーシャンなのです、と満面の笑みで語りあっている。可処分時間？ 耳の？ 当時は聞き流していたのだが、やはりあの日をさかいに、耳なれぬ流行りの一語がふくみこむ響きにかすかなひっかかりをおぼえはじめた。まず第一に、可処分とは自由につかえるぶぶん、といった意味だと思うけど、でも私の認識では、それはかならず所得という言葉とペアだったはずだ。つまり給料から税金やら社会保険料やらなんやらを差し引いた、自由につかえるお金を可処分所得と呼んでいて、可処分時間なんてつかいかたがあったとはまるっきり知らなかった。じゃあ、この可処分時間というのはなんなのか。単純に考えれば、人間にひとしくあたえられた一日、二十四時間のうちから、生きるためにどうしても必要な睡眠やら仕事やらの時間をさっぴいた、残りの自由時間を指すものだと考えられる。ようは暇な時間。

インターネットがはりめぐらされるまえの私たちは一生懸命、本を読んだり、テレビや映画を見たり、ラジオや音楽を聞いたり、街をぶらついたり、あるいはただただぼけーとしたりして退屈をしのいできた。その暇つぶし界のトップには、いうまでもなくテレビ放送が君臨してきたわけだが、今世紀の幕開けとともに廃れていき今度はインターネットの時代がおとずれる。すると世のなかSNSにオンラインゲーム、ストリーミング方式の映画や音楽など、以前とは段ちがいにおもしろい娯楽時間が、いたるところで間欠泉《かんけつせん》のように吹きあがるようになった。ひとびとはまるで世界に飽きるという感覚をどこかに置き忘れてきた子どもたちのように、軽い忘我状態ともいうべき熱狂にとらわれていく。いや、もしかしたら飽きてもあきても、つぎつぎと登場する受動的なコンテンツに横すべりしていくので、もはや飽きてるのか熱中しているのかわからぬまま、方角のない無重力空間を流れているだけなのかもしれない。ともかく広告会社と二人羽織をした各種メディア、つまり無料に見せかけた広告つき娯楽コンテンツは、この無軌道な気流のなかでたなびく人間の群から、一秒でも多くの時間を奪うべく争いをはじめ、そのなかで編みだされたもののなかのひとつに、可処分時間なるビジネス用語があった、ということなのだろう。

電車は神田の日本橋川を渡り、終着点にむかっていた。むかいの座席の左はしの男がスマホをしまって文庫本をだすのを確認したあと、私もちょっとした鉄アレーほどの重さのハードカバーをリュックからだしてひざうえに広げてみたが、なんだか落ち着かない。車内で馬鹿でかいハードカバーをもちだすことが、左まえの文庫の男よりも、どちらかというと右まえで一点を凝視する女の違和にちかづいている気がしてならなかった。アイパッドだってじゅうぶんでかいじゃないか、などといいきかせて文字を追っていたものの、途中からひと目が気になりはじめてばたんと本を閉じた。ふたたびスマホのなかに沈潜し、しかたないのでクラブハウスのホームページまで行ってみた。英語でなにを書いているのかよくわからないままにアプリをダウンロードし、そこではじめて招待制であることを知った。

私が可処分時間という言葉に出会ったとき、すでにこの概念はどんどんと細かく断片化し、精緻に磨きあげられていく渦中にあった。ソーシャルゲームやらインスタグラムやらネットフリックスやら横綱級の娯楽メディアにぎっちぎちに埋められたあとは、もはや暇だからなにかをやってもらおう、ちょっとしたすきま時間がありそうだし有効につかってもらおう、などという悠長な時代はとっくに終わり、ひとびとは多層的な時間を生きはじめていた。マルチタスクなんて言葉を、みんなあたりまえのように吐くようになったのと無関係ではないだろう。仕事や家事や食事や入浴のあいだも、そのひとの目が自由につかえるならば、最新メディアによる細切れの楽しい時間を、いくえにも積みかさねていくことがもとめられた。そんな時間という単位に還元されたあらゆるコンテンツは、私の身のまわりでちょっとまえに進行していった、歴史や文脈から切りはなされればらばらになった物が、雑貨というおなじ宛名へと統合されていく光景と瓜ふたつだった。ともかく、そうやって二重三重におりかさなった視覚の可処分時間は大渋滞をおこし、業界的にはもう埒《らち》があかないのでいったん休憩をはさみ、じゃあ今度、耳だったらどうだろう、という段階にさしかかっていたんだと思う。掃除、皿洗い、車の運転、あるいはルーティンなパソコン作業、へたしたら瞳を閉じてから入眠するまでのあいだも。なかなか目をはなせないけど耳ぐらいはつかえる単純作業のお供を、いつまでもラジオや音楽といった古参の聴覚コンテンツにまかしておくのはもったいない、ということで音声コミュニケーションを主体としたSNSも発明されたのではなかったか。

さっきから私は羅生門のまえで雨宿りする下人《げにん》のごとく、クラブハウスの門前でたたずんだままだった。まだだれからも招待状はとどいていない。スマホの画面をむだにタップしてみるも反応なし。この塀のむこうのゲーテッド・コミュニティは、いまも夜通しどんちゃん騒ぎで盛りあがっているのだろうか。人類に残された貴重な可処分時間を、彼らはちゃんと有効活用できているのだろうか。最初は会員制だったミクシィのように、早晩、見渡すかぎり音のしない砂の王国になってないことを祈るばかりである。

＊

電車は勢いよく東京駅にすべりこんでいった。私は巨大な上製本をかかえたまま改札をでて、むかし友人につれて行ってもらった記憶をたよりに、古いタイル貼りのオフィスビルの地階にある、はまの屋パーラーにむかった。やはりじぶんは窓のない地中の喫茶店というものが好きなのかもしれない。席について、ウィンナー珈琲をたのむ。電車とは打って変わって店にはちらほら本を読むひとがいた。となりでパンチパーマのおやじが「あれ？

おかしいなあ」といいながら、えんじ色の球体をふっている。どうやら百円硬貨をいれると、星座占いが楽しめる機械らしい。

「オォォォォォオゥ、ザ・チューブ！／われらのタマシイ奪いとり／われらの脳ミソ冒してる／寝ているわれらに降りそそぎ／便座のわれらを狙ってる／邪悪に光る揺らめきは——オー・ザ／チューブ！」トマス・ピンチョン著／佐藤良明訳『ヴァインランド』（新潮社）

さっきまでテレビだのインターネットだのと考えながら、私のあたまのはしっこに点滅していたのはトマス・ピンチョン『ヴァインランド』にでてくる「ザ・チューブ」という歌の歌詞であった。まるで昨今の洗脳的な、あるいは陰謀論うずまくユーチューブを、寝ても覚めてもやめられない中毒者を揶揄したパンクロックにも見える。だが本書の舞台は一九八〇年代。アメリカでの刊行も九〇年なので、このチューブ、つまり管《くだ》とはユーチューブのことじゃなくてブラウン管のテレビを指している。ＴＶ《ティーヴィー》中毒者。で、この「ザ・チューブ」とはヘクタ・スニーガという麻薬取締局のいかれた捜査官が、あるときＴＶ中毒更生施設に幽閉され、そこで毎晩、夕食まえにトレイをもったまま歌わされる「解毒院賛歌」

のタイトルだ。むかしから、メディアあるところに中毒者あり。それは、いまにはじまった話じゃない。たしかに実家に帰れば、年老いた両親は朝から晩まで爆音で唸りつづけるテレビのまえで平然とすごし、息子にそのスイッチをオフにされることを、まるで部屋の明かりをぜんぶ消されるぐらいいやがる。私だって中学生のころ、スーパーファミコン版の「ポピュラス」がやめられなくなり、そこそこ真夜中に布団をぬけだしては、架空の異教徒をジェノサイドすべく「天災」ボタンを連打しまくって親に怒られたりした。もちろんメディアだけじゃない、酒も薬もギャンブルも、読書も仕事も恋愛も、さらには宗教や政治活動だって、ひとは楽しいことがあればなんだって依存してしまう。そういう意味でピンチョンのえがく登場人物は、現実をただ漫然と生きられない愛すべきすべてのジャンキーたちであふれている。

最近、テレビ時代とインターネット時代をわかつ大きな特徴のひとつに、陰謀論の変化があるんじゃないかと思っている。それこそ戦前のヨーロッパにはびこり、のちにナチスに利用された反ユダヤ主義は陰謀論の親玉みたいなものだけど、いま民主主義国家に広がる陰謀論は、もっと多様で、てんでんばらばらで、流行りのポップスみたくうつろいやすくなっている。『全体主義の起源』(みすず書房)でしるされたような大きな陰謀論ではなく、民主化して数かぎりなく増えた小さな陰謀論とでもいうべきか。これはサイバースペースに浮かぶ各種SNSのおかげで、どんなにマイナーな趣味趣向であっても近しい価値観のひとが集えるようになったことと関係している。部外者を無視して楽しくちちくりあううちに、悲しいかな必然的に、陰謀論やらずいぶん偏った正義の主張やらが庭の雑草みたくぽんぽんと生まれでてくるのだ。このメカニズムはエコーチェンバー効果なんて名前で広く知られている。じゃあ一方で変わらない点はなんだろうか。

物の本によれば国民国家というのはたかだか二百年まえにつくられたシステムらしい。なのに、これほどひとびとが国境を気軽にまたぎ、中央銀行をしかとした暗号通貨がでまわり、GAFAが好きかってに国民の生活を導こうとも、滅びるどころか、疫病や戦争によってますますその輪郭線を濃く太く引きなおしている。とうぜんインターネットの登場とともに、統治の手くだは刻々と変わっているはずだけど、ほとんどのひとは興味をもっていない。というか知りようがないのだ。だれも。増え過ぎたウイルスの正確な感染経路なんかとおなじで。だから、飲み屋で酔っぱらって、いくら天下国家の秘めごとについて熱く語ろうとも、それこそ相手から、痛い陰謀論者リストにつけくわえられるのが関の山だろう。

でもピンチョンはちがう。九〇年——多国籍軍がイラクをシューティングゲームのように空爆しはじめる一年まえ——に書かれた『ヴァインランド』では、テレビのみならず、あらゆるメディアをつかって人民をプロパガンダしあやつる、国家と大企業という双頭の怪物を、一瞬でもいいから、ギャグ満載の狂気の物語のなかにひきずりだしてやろうと格闘していた。毎度おなじみCIAにFBI、米軍に警察、政治家からマフィアまでを相手どった、ヒッピーくずれのおっさんや活動家くずれのおばさんに大立ちまわりさせながら、全国民を潤滑油のようにつなぎ翻弄するテレビをはじめとしたマスメディアに、ピンチョンはひとりで喧嘩を売っていた。記号論の泰斗《たいと》、石田英敬《ひでたか》氏が『記号の知／メディアの知』（東京大学出版会）のなかで、のちに巧妙な世論操作があったことが証明される湾岸戦争とテレビ報道の関係をくわしく論じる、十年以上まえに。まさにドン・キホーテばりの孤軍奮闘。のんきな大学生だった私も『ヴァインランド』を読み終えて本を閉じたあと、複雑になりすぎて、もう言葉にすることさえあきらめかけていた権力システムのすがたを、ほんの一瞬だけ幻視することができた。目には見えないけど、ほんとうに、そんなものがあるのかもしれないと。

でもインターネット世界の住人が本書を読めば、すぐさま「国家や企業がテレビに耽溺している国民を気づかないあいだに誘導する、なんてプロットこそがディープステート系の陰謀論なんじゃない?」って指摘するであろう。そのとおりなのだ。なぜならピンチョンこそが、読み手の陰謀論的なパラノイアをめいっぱい利用して、壮大な文学をつむいできた張本人なのだから。もっといえば、フィクショナルな想像力をつかって、ひとびとが気づかぬ力の構造を射ぬいてきた歴々の小説すべてが、現代では大なり小なり陰謀論のそしりをまぬがれえない。ここに反転がある。だとすれば、狂ったピンチョン的想像力は今後、ちまたにあふれた安っちい陰謀論のインフレーションのなかで、どんどんと痩せほそっていく運命にあるのではないのか。

そんな悲しい天運の力を強く感じたのは、八十歳をむかえつつあったピンチョンが、ドットコム・バブルがはじけ、ツインタワーに旅客機がつっこまんとする二〇〇〇年代初頭のニューヨークを舞台に、ディープ・ウェブの奥底で暗躍するテック企業とアメリカ政府の悪だくみをあれこれあぶりだしていく最新刊『ブリーディング・エッジ』(新潮社)を読了したあとだった。たとえば当時のジュリアーニ市長やブッシュ・ジュニア大統領の蛮行を、ユーモラスかつ口汚くつづっていくピンチョン特有の虚実まじえた筆致の奥に、どうしたって、その二十年後、ワシントンの議会議事堂を占拠した無垢な暴徒たちのすがたや、あるいは疫病に効くとされるワクチンをめぐる滑稽な、でもじぶんの力では反駁《はんばく》不可能な陰謀の数々が、ちらちらと浮かんでは消えていく。そのせいで、なんだか『ヴァインランド』のように素直に物語に潜りこんで打ち震えたり、腹をかかえて笑ったりすることができなくなってしまった。これはピンチョンがおとろえたのでは断じてない。ブラックホールのような底なしのサイバースペースのカオスからも、もうやりたい放題になっているカジノ資本主義からも、彼はびた一文逃げてない。もちろん、おびただしいぜんぶの会話を『アルフ』ばりの高度な諧謔《かいぎゃく》で埋めつくすことも忘れていないし、がゆえに最後の父と娘の真摯《しんし》な会話を、私たちは目がうるむことなしに読めない。だからこういうべきだろう。『ブリーディング・エッジ』は『重力の虹』（新潮社）から片時も変わらない、敵がだれかもよくわからなくなって抽象化した、巨大な権力をうがちつづけてきた作品群の集大成とでもいうべきものだ、と。よって問題は私のがわにある。あたまのなかで、世の価値観をゆさぶる大文学者の妄想力と、ネットを開けば目に飛びこんでくる、ご都合主義的な妄想力を区別する力を、私はどこかに置いてきてしまったのだ。私とポークパイハットの男の部屋みたいに、テレビ時代とインターネット時代にわかれたふたつの書物のあいだで。

むろんそんなふうに劣化いちじるしい読者を、ピンチョンは百も承知であろう。『ブリーディング・エッジ』の半分をちょっと過ぎたあたりで、たばこ屋のインド系の店員が「ワールド・トレード・センターに飛行機が突っ込んだんだよ」というセリフを吐いた瞬間から、陰謀論のごった煮ともいうべきむちゃくちゃな状態になってくる。ようするに作者が用意した陰謀論的な筋書きの物語のなかで、主人公も困惑するような陰謀論がうずまき、陰謀論内陰謀論ともいうべき、まるで入れ子状の箱みたいなメタ構造の迷宮に入りこんでいく。そして小説の前半部ででてきた、主人公の幼なじみでポップカルチャー研究家のこんなせりふが、なんども頭をよぎった。

「なぜか私たち、飽きもせずに好奇心をそそる断片だけを摘まんで楽しむ。もちろんそういう話を丸ごと信じるほど私たちもダサくない。でもその一部が真実じゃないっていう証拠もないわけよ。本当だ、いやインチキだって、すべてはネット上の論争へと退化していく。炎上したり、朗々と唱えられたり、糸《スレッド》をたぐっても迷路の奥深くへ迷い込むだけ」トマス・ピンチョン著／佐藤良明、栩木《とちぎ》玲子訳『ブリーディング・エッジ』（新潮社）

アメリカの同時多発テロ以降、現実が虚構を超えた、いや虚構が現実を覆いつくしたんだ、だってビルが崩落するニュースは、まるで映画みたいだったんだから……なんて議論を耳に胼胝《たこ》ができるくらい聞いた。だから小説家はもう小説を書けない、という話もいっぱいあった。地下鉄のサリン事件のあとにも、ふたつの震災のあとにも、おなじ話がくりかえされてきた。でも私が感じている違和感はちょっとちがう。まわりまわって、おなじことをいっている気もするが、そんな大それたことじゃなくて、あくまで読み手である私のなかの見えない変化だ。でもそれが積もりつもったとき、物語をひもとく想像力じたいを大きくゆがめてしまう日がくるかもしれない。ちかごろじゃ、ピンチョンと市井の陰謀論者、それらがべつ者であることを前頭葉では重々わかりながらも、知らぬまに海馬《かいば》では、おなじ「陰謀論」と書いたフォルダーにしまって記憶の谷底へ放りこんでいるような不安がつきまとってはなれない。まあ、こんな問いの立てかたじたいが陰謀論的なのかもしれないんだけど。

気づくと長いあいだ、はまの屋パーラーのざわめきのなかで本を開くこともなく、ぼけーと正面の壁にかかる古い肖像画を見ていた。不審な顔をされていないか、まわりを見渡してみたが、とうぜんだれも私のことを気にとめるひとなんていなかった。絵では泥棒髭を生やし鼻を赤く塗った道化師風の男が、濃い草色のシャツとジャケットを着て紅白幕のまえで悲しそうにしている。

インターネットの波打ちぎわで

店の帳場から垣間見た、あらゆる物が雑貨へと変わっていく風景をえがいた奇妙なエッセイを六年ほどまえに出版したあと、一番くやんだのはメルカリについてふれられなかったことであった。オンライン上にフリーマーケット的な空間があることはうすうす知りながらも、本格的に流行りはじめたのがちょうど筆を置いたあとだった。人間、石売りはじめたら終わりですよ、と大学の後輩に指摘されて以来、店での販売をがまんしてきた道ばたの石ころから、テン・カラットのダイヤモンドまで。あるいは食パンを買うたびに溜めこんできたとおぼしきビニール袋を閉じるための大量のクロージャーから、パンを焼くためのでっかい業務用オーブンまで……なんだってである。そこに集まる出品者たちは、ヤフーオークションよりも深い雑貨感覚にもとづき、自主的に「これは売り物になるかもしれない」と考えたあんな物やこんな物を蔵だししはじめていた。買い手もより気楽に商品をもとめ、いらなくなればすぐに売り手がわにまわる。きっと新参者たちもサービスにふれているうちに、知らぬまにどんどんと目に映るすべての物を販売物としてとらえられるように成長していく、という意味において、メルカリは新たな消費感覚の啓蒙システムだったともいえる。もし後年、雑貨史というものがつむがれるとしたら、この画期的なウェブ・サービスはかならず重要なメルクマールとして名を残すであろう。まあ、そんな歴史を語りあいたいひともいないだろうけど。

雑貨化とはなんたるかを、私のもってまわったいいかたでつづられた随想録を読んでいちいち考えるよりも、メルカリを一回やってもらったほうがよっぽど深く理解できる……とかなんとかいってるあいだに、時は流れ、もはやだれしもが知るインフラとなってしまった。いまでは友人知人の多くはメルカリを生活の一部のようにとらえていて、なかでも重篤者《じゅうとくしゃ》になると、店頭で買うまえに商品を手にとるやいなや、すでにその物の背後には、メルカリで売っぱらう近未来のおのれの影法師がほのめいているらしかった。あまりにストレスのないメルカリの操作性は、買うことと売ること、売ることと買うことの区分けを曖昧にして、お金をはらって手にいれた物をいちいち「これは私の物なんだ」と強く意識するような古い所有感覚を一掃しつつある。物はつねに買うことと売ることのあいだにふわふわ浮かんで存在し、ある一定期間だけ預かっているような気持ちがめばえてきている。早晩、地球にも優しいなどという美辞麗句なんかも乗っかってきて、物を買っては死蔵しつづけるひとたちや半端なコレクターたちの背徳感を煽っていくのかもしれない。そしてあらゆる商品はサブスクリプションへと漸進《ぜんしん》し、それは物を消費している感覚を、われわれの意識から消し去るまでつづくだろう。

＊

よせてはかえすインターネットの波打ちぎわで物がゆれていた。いくつかの物は波にさらわれて消え、残った物も見た目はそのままに、ほんの少しずつ、でも鳴りやまぬ潮騒のなかで着実にその存在のありかを変えつつあった。物にひとびとが託してきた思い、記憶のかたち、じぶんの一部として所有したり集めたりする意味……なにもかもがちょっとだけ昨日とちがう。いますべての物の影は薄くなり、透けたむこうがわにインターネットの光がかけめぐるのが見える――。ある時期、そんなナイーブで無益なことをだらだら考えていたのを思い出させてくれたのは、ミランダ・ジュライ『あなたを選んでくれるもの』(岸本佐知子訳、新潮社)という本であった。それは私が往時をふりかえり、冷静をよそおって語ればかたるほどはらんでしまうノスタルジーやラッダイト的な滑稽さに回収されない、彼女だけの力強い言葉をつかって、アナログな世界に住まうひとびとの声をとどけてくれる。

本書はフィクションではなく、ミランダ・ジュライが聞き手もつとめた一風変わったフォト・ドキュメンタリーだ。カンヌで新人賞をとった映画『君とボクの虹色の世界』とフランク・オコナー国際短編賞を受賞した小説『いちばんここに似合う人』(新潮社)によって世界的名声をえたジュライは、ふたつめの映画『ザ・フューチャー』の制作にとりかかっていた。せりふを書くのはわけもなかったけれど、主人公のカップルのうちの男が、あやしげな環境団体に入って木を売り歩くシーンの脚本が遅々として進まず、そこから逃げだすようにインターネットでじぶんの名前を検索することがやめられなくなっていった。「わたしがいかにウザいかについて書かれたブログの中に暗号化されて埋めこまれているかもしれない答えを探しつづけ」るうちに、酒量もずいぶんと増えていき、この危機的な状況でジュライの心のささえとなっていたのが、火曜日にポストにとどく『ペニーセイバー』という時代遅れな無料小冊子だった。いらない物を売買したいひとたちが広告をだしあう媒体で、貧しかったり、寂しかったり、個性的すぎたり……さまざまな背景をもった老若男女がつどうわけだが、彼らにはひとつの共通点があって、つまりインターネットをあまり知らない、ってことだった。私が店をはじめて数年経った二〇〇〇年代の終わりごろの話である。「彼らは何かをググるということをしない。紙版の『ペニーセイバー』に広告を出す人たちは、パソコンを持っていないのだ。(略) そして今のところ、そういう人たちはこの世にまだまだたくさんいるのだ」という、いまでは多くの人が忘れてしまった、ネットをもたずに生きる他者への感覚を、われわれは本書をつうじてほんの一瞬だけ——ひとによってはありありと、思い出すこととなるだろう。ジュライはひたすら電話をかけ、インタビューをさせてくれそうなひとたちを探しだしては家まで会いに行く。結果、十二人の奇特なひとびとの声と、彼らが売ろうとする十種類の物に導かれながら『ザ・フューチャー』の脚本は書き進められ、いつしか物語のなかで苦悩する主人公たちとシンクロするかたちでジュライじしんも変わっていく。そんな小さな偶然が小さな必然へと転じる瞬間を本書はいくつも積み重ね、ラスト、読者のまえにちょっとした奇跡を用意する。

最愛の妻に宛てた五十枚のクリスマスカード——手紙のなかみはあまりにプライベートでエッチすぎるので、表紙ぶぶんだけを、まとめて一ドルで出品していたジョーという八十一歳の老人に出会う。彼は庭じゅうに大切な犬と猫の亡骸が山ほど眠る家に住みながら、週四回、殉職した知りあいの警察官の遺族からもらった青い上着を羽織って、夫や妻に先立たれた独り者たちのために買い物の代行をつとめている。六十二年間、ラブレターを年に九回送りつづけ、しかも本人も死の病に冒されたジョーのひたむきな生は、ジュライの創作の中核に深く響く。彼女がずっと追い求めてきた「あえて無意味であることを選び、ゆえにその人の生のすべてが反映されるような、そんなアート」とおなじ魂を、おそらく五百通をこえるであろう彼のロマンチックで卑猥なカードのなかに見いだすのだ。「固有の意味も価値もないからこそ、それは奇跡のように美しい」なにかを。かくしてジュライはジョーへ、『ザ・フューチャー』に本人役ででてくれないかと出演依頼することとなる。

劇中、地球のために苗木を訪問販売する男は、たまたま『ペニーセイバー』で広告を見て、出品者のジョーの家までおんぼろのドライヤーを買いにむかう。まさに『ペニーセイバー』を片手に台本を書き進めてきた現実のジュライがそうだったように、インターネットによって惑星規模にまで拡張された自意識と、効率的な時間の消費に追い立てられる人生のなかで、なにをやればいいのかわからなくなってしまった男が「見ず知らずの他人と出会い、そのことが彼を変え、人間界に向かわせていく」――そんな偶然性の守護天使のような役回りとして、ジョーという名の老人は登場するのだ。一方、ほんとうの世界のジョーは余命を削りながら、オッケーがでるまで、カメラのまえでなんどもなんどもおなじ演技をする。こうして、ひとりの実在した人間を介して『あなたを選んでくれるもの』

というフォト・ドキュメンタリーと『ザ・フューチャー』という劇映画が、虚実のさかいをこえて、みごと円環をえがくようにつながっていく。年をとろうとも、遠くはなれていようとも、たがいの物語をはげましあう仲のいい双子みたいに。

＊

『あなたを選んでくれるもの』にはネットと物理世界の渚で、物が根底からゆれ動いていることなど、まったく無関心なひとたちが出品した脈絡のない物にあふれている。しかもりっぱな写真つきで。Ｌサイズの黒革のジャケット、十ドル。インドの衣装、各五ドル。大きなスーツケース、二十ドル。ぜんぜん知らないひとたちの写真アルバム、一冊十ドル。六十七色のカラーペン・セット、六十五ドル。「ケア・ベア」の人形、二ドルから四ドル。コンエア社のドライヤー、五ドル……。どれも手垢にまみれ、だれしもがどんよりとした気分になることうけあいの中古品を眺めながら、ふと記憶によみがえったのは西荻窪にあったコレットという不思議な店だった。私がいとなむ雑貨屋の指針となった店はいくつかあるが、そのうちの上位にまちがいなくランクインする名店だった……というより迷店と呼ぶべきか。もちろん、かつてファッション界の頂点だなんていわれていた、パリのセーヌ川右岸のサントノレ通りにあったセレクトショップ——ではなく、善福寺川右岸にひと知れず登場し、ひと知れず消えたコレットのほうである。

いまの場所に移転するまえに私が店をかまえていたのは、ひと気のほとんどない細い裏通りで、店のはすむかいに三階建ての住宅があった。その一階のガレージ部分がとつぜん異様な雰囲気の店となったのは零年代の後半、そろそろジャケットを羽織りたくなるような、気持ちのよい初秋の宵だった。閉店後の帰り道、なにもなかったはずの場所に、煌々《こうこう》と輝く蛍光灯と白い有孔ボードに囲まれたプレハブ小屋があらわれ、私は足を止めた。朝晩必ず歩く通りなのに、いつできたのかまったく気づかなかったということは、おそらく日中の数時間で店を完成させたのだと推測される。正面がガラス張りなのでなかをのぞいてみると、部屋は一貫性のない、おびただしい数の服が吊り下げられたラックで占拠されており、そのマングローブ林のように絡まりあった衣類のせいで店の奥まで見通せなかった。開店初日とは思えない物の密度。目が慣れるまでまったく商品情報が頭に入ってこない。しばらくすると、壁ぎわに裾《すそ》のすぼまった新品とおぼしきプリーツプリーズのパンツ、レイカーズのユニフォーム、古めかしいトワル・ド・ジュイ柄のワンピースなどがかかっているのがわかる。そして被服のあいまあいまにラジオだの万国旗だの日本人形だのシャネルのポーチだのラグビーボールだのがあしらわれ、おばさんが座るレジの横には額装された、角度によってデビッド・ホックニーのようにもトーマス・マックナイトのようにも見える、プールサイドをえがいたパズルがあった。

　たしか、できてしばらくは店の名前がどこにも記されておらず、ほんとうに商店なのか、それともガラス張りの倉庫なのかわからぬまま数か月が過ぎた。そしてある日、黒い画用紙を切りぬいてつくった「コレット」という丸文字が入口にセロテープで貼られたとき、七年まえに一度おとずれたことのある、あの伝説のセレクトショップの日本支店なのかもしれない、という一縷《いちる》の可能性に胸がふくらんだ。なぜならハイファッションにうとかった二十代の私には、ファッションセンターしまむらにリサイクルショップを足して何倍にも濃縮還元したような錯乱した店ではなく、あえてナンセンスな詩的言語をつかってえがかれた、極めて高度なアパレルショップなのではないか、という想像を否定できなかったからである。とはいえ、その年の終わりごろには「当店はリサイクルショップではありません。買取はしておりません！」という、なぐり書きが壁に貼られるわけだが……。

　私がはじめてコレットに足をふみいれたのは、オープンから半年後くらいだろうか。なかにいる店主らしきおばさんのボディコンシャスすぎるスタイルと、その理解をこえた陳列の力に恐れをなして、なかなか敷居をまたぐことができなかったのである。でも、ある肌寒い冬の日に「たのむから、コレットで買い物してきてほしい」とスパイ的に送りこみつづけていた友人知人のうちの、あるひとりの男性が「RANDMC」と書かれたXLをはるかに超えたXXXLサイズのタンクトップを着て「いやーすごいおすすめされまして……アメリカ直輸入だから、って。なぜか広辞苑も売ってましたよ」といいながらとぼとぼ帰ってきたとき、あまりにでかすぎて、もはやワンピースをかぶっているとしか思えない彼のすがたに私はむせぶほど笑いながら、じぶんの店があつかう商品の凡庸さを恥じいるような気持ちにおそわれた。と同時に、一刻もはやくコレットに行かねばならない、という強いあせりもめばえた。まるで、資金も底をつきつつあった私がこれから目指すべき場所を、あのマンタのごとく巨大で崇高なタンクトップが指ししめしているような……。ともかく、こんなひとのいない通りでオーガニック・コットンのタオルやら野田琺瑯《ほうろう》やらを仕入れてならべているばあいじゃないだろう、と財布をにぎりしめた私は、さっそく営業中の店をぬけだしてコレットへむかった。結局、それから季節が一巡もしないうちにコレットは閉店するわけだが、私はその短いあいだ、とんでもない物をいくつか買わされながらも店主のおばさんと親しくなっていった。

二〇一七年の暮れ、私はネットニュースで、地上からパリのコレットがすがたを消したことを知った。西荻窪のコレットがつぶれて十年ちかくが過ぎようとしていた。そのときふと、このふたつの、あまりにかけはなれたコレット——どこまでもおしゃれであるために、セレブたちへむけて貪欲な消費シンボルをあやつりつづけたセーヌ川右岸のコレットと、まるで美の選別を放棄したかのような、無秩序で雑多な物に埋もれていた善福寺川右岸の無名のコレット——がほんの一時期だけど、おなじ世界にあったことの意味について思いをめぐらせた。

＊

『あなたを選んでくれるもの』を、とあるイベントで知りあった編集者から「この本、ぜったい好きだと思います」といって教えてもらったとき、なかなかそのタイトルをおぼえられなかった。なぜって主述がねじれたような、とってもへんな名前だから。原題は「イット・チューゼス・ユー」。「あなたはそれを選ぶ」でも「あなたが選ぶもの」でもない。じゃあ『あなたを選んでくれるもの』とはなんなのか？　あなたを選ぶ「イット」とはいったいだれなのか？　ヒントは、映画監督であり小説家であり現代美術作家でありパフォーマンス・アーティストでもあるミランダ・ジュライの創作の出発点ともいえる、中高時代にフランコ・C・ジョーンズという服役囚と交わした往復書簡のエピソードにある。十四歳の彼女は、新聞の「囚人ペンフレンド」というコーナーで彼の宛先を見つけ、それから三年間、毎週手紙を送りつづけた。

「アリゾナ州フローレンスの刑務所に十八年間服役している三十八歳の殺人犯と、カリフォルニア州バークレーの私立校に通う十七歳の女子高生とのあいだには、詩的な規模の、宇宙や海の大きさにもひとしい隔たりがあった。そこに橋をかけることは、わたしにできる、数少ない神聖で尊いことのようにわたしには思えた。あれから何十年もたった今もわたしは、謎の一端を解きあかそうとしつづけている。世界の端っこをめくって中をのぞきこみ、その下にある何かを現行犯でつかまえようとしている——その〝何か〟は神ではなく（略）それに似た何かべつのものだ」。

おそらく創作におけるジュライは、なんの意味も、なんの縁故もない孤独なひとびとの出会いを、とりとめのない闇におおわれた世界に走る一条の光としてとらえている。むろんその思わぬむすびつきの多くは不発に終わり、人生を左右するような大したできごとなんて、ほとんど引きおこさないだろう。でもたとえ対岸も見えないくらい広くて長い時の流れのまえで、人類の生に意味などなく、平均すれば誤差のない毎日をただただくりかえす存在なのだとしても、彼女は二〇〇五年の映画『君とボクの虹色の世界』から二〇二〇年の『さよなら、私のロンリー』まで一貫して、深い理由もなく、たまたま生まれたつながりと、その偶然性がもたらすかもしれないもの——神に似たべつのなにかをえがきつづけてきた。

　しかしいま、こうやって彼女の活動を俯瞰してみると、皮肉なことに、そのキャリアと並行するかたちで拡張していったワールド・ワイド・ウェブの無限のつながりは、語りつくせぬ奇跡や喜びとひきかえに、時のいたずらや手ちがいによってもたらされる根拠のない偶然の出会いを、どこか遠くへ追いやりつつあった。私たちは『君とボクの虹色の世界』の公開から二十年ちかくを経た現在、知りたいことを先まわりして教えてくれる検索バーの言葉、いつでも自由に異物を排することのできる心地よいコミュニティ、ほんとうにほしい物をじぶんに代わって教えてくれる神通力のようなレコメンデーションなどによって、ずいぶんと人工的に縮小された偶然性を生きている。

そういう視線からあらためて彼女の映画を観なおしてみると、登場人物たちとテクノロジーとの距離の置きかたも微妙に変化していることがよくわかる。さきにのべたように『ザ・フューチャー』ではインターネットという頸木《くびき》から逃れでる契機として、あえてアナクロな『ペニーセイバー』という小道具を登場させて、その先にジョーと名づけられた生身の人間とのめぐりあいを用意した。ところが、その六年まえに撮られた最初の長編『君とボクの虹色の世界』の時点では、まだネットが切りひらく出会いの可能性のほうに光が当てられている。たとえば匿名チャットという当時の革新的な技術がはらむ、バグというのか勘ちがいというのか、そういう予期せぬ運命のいたずらをユーモラスにえがいている。

ある日、深い寂しさをかかえた中年の女が、親からほったらかされて育った小さな男の子とチャット上でつながる。もちろん相手が未就学児だなんてことは知るよしもなく、女はおのれのずいぶんとアヴァンギャルドな性的嗜好を満たすためにメッセージをつぎつぎと送り、一方で男の子は、女のもとめるセクシャルな意図をまったく理解することなく答えを返しつづける。なのにテキストチャットではコミュニケーションらしきものが成立してしまう……。こんなふうに期せずして、年齢も人種もこえた人間同士の交流をつくりあげる最新メディアの偶性を、当時のミランダ・ジュライはある種の希望をこめてカメラにおさめたのだった。

物語の終盤、ふたりはついに現実世界で落ちあう。なんの変哲もない公園のベンチのうえで、ただただ無言でむきあうショットの美しさは筆舌につくしがたく、その場面を私はいくどとなくＤＶＤで観てきた。風渡る野辺《のべ》には、十七歳のミランダ・ジュライがじぶんと殺人犯をつないだときの想像力が、まったくほころびることなく流れているのがわかる。せりふのないたった数分のあいだに、たがいの孤独な心はゆっくりと溶け、かたちを変えていく。

マイミュージック

二〇二二年の秋口に、アマゾン・ミュージック・プライムというストリーミング・サービスが改悪されたと話題になっていた。ドローンを飛ばす会社に勤めるIがすぐさま店にきて、再生できる楽曲の数を二百万曲から一億曲に増やすかわりにさあ、シャッフル再生しかできなくなってんの、ありえないよ、といった。アルファベットでビクターと書いてあって、でもぜったいあのビクターではない、カンボジア製のおどろくほどでかい電卓をぱちぱち叩きながら、そんな馬鹿なこと、あるわけないじゃゃん、と反論しても、いや、それがほんとうなんだって、だからみんな怒ってんだよ、と彼はかたくなにゆずらなかった。そのまま話題はウクライナ戦争に移っていき、Iが戦局にまつわるニュースの見出しをすべてエクセルに打ちこんで、時系列にそった表で管理していていることを知り驚いた。後日、アマゾン・ミュージック・プライム改悪の情報はじゃっかんまちがっていた、というより、かんじんなぶぶんがかなり不十分だったことがわかるのだが、エクセル管理する彼の奇行ぶりに話が移った時点では、私の胸は高鳴ったままだった。ついに人類は、一億曲の音楽をランダムで聴ける日がきたのか、と。どうやっても聴き終えることのできない天文学的な数の音楽が、ノンストップで無作為に流れだす。多様なんていう半可な言葉じゃ掬《すく》えない、人類がまだ体感したことのない音楽体験。Iが小声で、第三次世界大戦ってあんがいこんなふうにしてはじまるのかもね、と口をひらく。ああ、もうはじまってたりして、海のむこうで、などと言葉をつぎながら、アマゾン社が気が遠くなるような計算リソースをついやし、そしてはじきださんとしている音楽宇宙の混沌のなかで、私はどうなってしまうんだろうか、と考えていた。いままで積みあげてきたささやかな音楽世界はばらばらに崩れ落ちてしまうのか、それとも全音楽がそれぞれおたがいを打ち消しあって無風状態となり、なんの感慨も生まないのか……。あたまは、報復しあう核ミサイルが何百発と飛び交い、視界にゆっくりと白い光が広がっていく安っぽいイメージに引きずられながら、すべての音楽が干渉し、なにも感じなくなった場所に私は立ってみたいと思っていた。一瞬でもいいから、いますぐに。

思えば、すべての音楽が混じりあうときをずっと夢見てきた。やれダイバーシティ&インクルージョンだの、やれみんなちがってみんないいだのとさわぎまわって、手垢にまみれ、すり減っていく多様性という言葉を考えるとき、いつも私のあたまにあったのは音楽のことであった。生まれてこのかた、ありとあらゆる集団行動から逃げて逃げて逃げつづけてきた落伍者にとって、社会の多様性を体現することが、生半可なものじゃないことぐらいはわきまえて生きてきた。この惑星が善良なひとたちで覆われているのなら――なにかあるたびにやんや集まって、酒を飲んだりキャンプファイヤーを囲んだりしながら、夜もふけたころに「まえから思ってたんだけど、みんなちがって、みんないいんだよね」などとしみじみ語らい、まわりもうんうんうなずいてほほえみあうような集団なら――人類がみずからの多様性を謳歌しはじめる日も近いかもしれない。きっと戦争だってなくなるだろう。でもそうは問屋が卸さない。焚き火のまわりからは、私のようないちいちかってな行動をとる天邪鬼《あまのじゃく》なやつらをはじめ、いろんなめんどくさい異物たちが排されているわけで、いくら夜を徹して語らったところで、いくらパーティの参加人数を増やしたところで、その根っこの同質性はほとんどゆるがない。多様性を認めるとは、みんなで肩を組んでわかりあうこととはなんの関係もない。こんなふうに私がとやかく書きたてている裏がわには、一生に一度くらい合コンとかピクニックとか、せめて花見ぐらいは誘われてみたかった、という個人的な私怨《しえん》が渦巻いているだけなのかもしれないけど……。

私のしょうもない恨みつらみはさておき、まじめな話、人間の心に世界の複雑な意味を、複雑なまま受けとることなんてできない。脳が情報を処理するときの基礎設計として、あるいは認知能力の限界として、ものごとをかなり単純化して理解せざるをえないようになっている。たとえば物心がついた子どもは、とかくいろんなものごとをふたつのサイドにわけたがる。大人だって容姿や属性から、その時代や文化に即したかたちでカテゴライズすることをやめられない。思い起こせば、私の小さいころ好きだった小説もアニメもゲームも、たぶん古くからある神話も宗教も哲学だって……ありとあらゆる物語に二元論的な思考と、記号的なすがたかたちがびっしりはりめぐらされている。それはたぶん言語をもつことの代償のようなもので、われわれは謎だらけの自然を言葉でまず二分し、整理し、うまく想像できる範囲にまで圧縮して、それらを組み合わせていくことでしか現実にふれられないのだ。目のまえのものごとは白か黒か、好きか嫌いか、正しいのかまちがっているのか、脳は瞬時にふりわけることをやめない。白から黒までのあいだにある個々人のグラデーションを、すぐにそのままとらえることは至難の業であり、だから社会のいがみあいは『ゲド戦記』の影のようについてまわる。一方で、いま自由をもとめるひとびとの価値観が、どこまでも細かく、どこまでもばらばらにほどけていこうとしている。単純なままの脳みそと、複雑になっていく社会。その変化する激流にむかって「すべてを尊重しましょう」なんていう一足飛びの絵空事をかかげたところで、うまく解決にむすびつかない理由は、ずっと変わらない人間たちの本性のなかにあるのかもしれない。

就学して以来、クラスや部活などの役職についたこともなく、どちらかというと和を乱すがわの生徒としてずっと過ごしてきて、あげくは社会のはしっこで偏屈な自営業にいそしむ者が、答えなんてものをもちあわせているわけがない。せいぜい、どう転んだってひとを敵か味方かにわけざるをえない脳の限界をつねに意識しながら、なるべくいがみあうことがないようおたがい慎重に無視し……ときには、まちがった不正をきびしく告発しつつ、でも赤の他人との共有地をさぐりつづける努力は手ばなさず……そんな成熟した愛がどこに存在するのか知らないけれど、なんとかみんなで漸進していく以外に道はないだろう。たとえＳＮＳのあらゆるコメント欄が、ひとびとがどっちつかずな曖昧さのなかにとどまることの困難や、矛盾をかかえたひとりの人間を十把《じっぱ》一絡《ひとからげ》にしか断罪できない悲しみを、日夜、証明しつづけているように見えたとしても。

東北の大地震をさかいに、ネット上のいたるところで敵と味方にわかれた終わりのない塹壕戦がつづいているのは周知のとおりだと思う。人間の脳みそがずっと変わらないように、犬も食わぬ二項対立の争いなんてのも大昔からあったわけだが、こういった滑稽なかたち——相手をいかに虚仮《こけ》にするのかを考えぬいた醜い文字情報が、リアルタイムで応酬されるようすが可視化されたのは、震災の十年くらいまえ、ちょうど私が大学生になったころからだった。

私のいた高校では、勉強のできない生徒たちをなんとか私大にいれるために、数学の授業の一部を英語にあてがっていた。おかげで、ろくに微積分も学ばずに経済学徒になってしまい、ミクロ経済学の初歩的な数式でつまずき、すぐに落ちこぼれてしまう。かわりに巨大な匿名掲示板にいくつかあった、第一級の経済学者たちもときおり降臨する経済板をちょくちょくのぞくことで、よくわからぬ学校の授業よりもだいじな、歴史的なマクロ経済の論争にじぶんも立ち会っているんだと思いこもうとしていた。ちょうどアジア通貨危機が起こったあとで、積極財政にするべきか、財政再建をするべきか、いまにいたるまでえんえんとつづくお題目が議論され、殴りあいと嘲笑がくりひろげられていた。一流二流三流の学者から、私のような経済のことなどたいしてわかってないくせに、アゲだサゲだと書きこんでいる阿呆な聴衆までが夜な夜な集まって、もうすぐ国債は暴落するだの、おまえは大蔵省の犬だのとののしりあっていた。その後の日銀の異次元緩和も、リーマン・ブラザーズが世界をまきぞえにして経営破綻することも知らず、まだ「失われた十年」とかのんきなことをいっていた時代の話である。一九九〇年代の終わり、ほとんどすべてのイシューで塹壕戦がくりひろげられるまえの、規模は小さいけれど、もはやあともどりできない局所戦を、われわれはじっと見ていた。

それから東日本の震災をはさんで、さらに五年くらいがたったある日、私は音楽のストリーミングサービスを手にする。そして、ほうぼうで分裂していく社会を尻目にまっさきに考えたのは、戦下のひとびとが家の小さな庭に待避壕をこしらえたみたいに、店に音楽のビオトープをつくることだった。いまよりかなり少ない、三千万曲という擬似的な音楽宇宙に飛びこんで、そこからじぶんがぎりぎり許容できる音楽を、なるべく幅広いジャンルから、なるべく多様なかたちで数千曲つかみだし、「マイミュージック」という名のじぶんだけのフォルダにせっせとほうりこんでいく。言葉にしてみるとじつに馬鹿ばかしいけど、社会の瓦解する音を止められないのなら、音楽くらい好きも嫌いも超えた多様な空間をつくってみようではないかと、閉店後の店でひとりビオトープづくりに熱中してきた。

雑貨屋たるもの店先には古今も東西も、聖俗も美醜も、あらゆる趣味趣向も超えた、わけへだてのない物をならべなくちゃならない、なんていうキッチュな心性をほうぼうで書きつけてきた。大袈裟ないいかたを許してもらえれば、これはあらゆる集団行動からはじかれ、合コンにも花見にも誘ってもらえなかった私なりの社会参画のつもりであった。わけへだてのない物を置けば、こんなじぶんでもわけへだてのない多様なひとたちとつうじあえるかも、となかば本気で思っていた。でも残念ながら、この雑貨屋店主の願望が二重の意味でまちがっていたことを、店が十年を超えたころにははっきりと知るにいたった。

第一にアマゾンとか巨大ホームセンターとかじゃないかぎり、わけへだてのない物なんて置くことはできなかった。もしこれが商売ではなくて、ただ自室にならべるだけならうまくいっただろう。たとえば宮崎アニメのフィギュアの横に、魯山人《ろさんじん》の扁壺《へんこ》があって、百円ショップで買った灰色のマグのとなりに、大切なひとに先立たれた友人を慰めるためにつくられたという詩集があり、静電気の力で花粉をよせつけなくするスプレーの横に、カロリーメイトの空箱と十八世紀のフランスの赤褐色《せきかっしょく》の水差しがならんでいて……いま私は過去の自室にあった物を記憶をたよりに活写してみたが、小さな店でここまで幅広い物の世界をつくりだすことはむずかしい。よほど慎重にコンセプトを練らないと、ただアマゾンを何千分の一の規模まで縮小しただけの役立たずな店となるか、値段だけ高いリサイクルショップみたいになるか、ただただ狂乱した店になるかしか道はなく、どのクラスターからも敬遠される中途半端な商いとして、資本の大海の藻屑《もくず》と消えてゆく。

第二のあやまちはこうだ。よしんば多様な物の併存に成功したとする。人通りが多い立地にあるおかげで、ぎりぎり家賃が払えるくらいの収入がえられたとしよう。でもおそらく、しばらくすると世のなかの見えないカテゴライズの波が到達し、なんらかのせまい界隈へ徐々に押しこまれていくのだ。温暖化による異常気象のように、年々強まる世の記号化の力を甘く見積もっていた私の店も、気づくとイメージの呪縛から一歩も逃げだすことができなくなっていた。風変わりなあるじがいて、いろんな界隈の物をちょこちょこ置いていて、でもぜんぶはサブカルっぽいロールプレイにすぎず、じゃっかんおしゃれ系にかたむきつつも、意外とふつうな……といった、いろんな雑誌やレビューサイトに書きこまれてきた我が店に対する集合意識的な感想が、ゆっくりとふるいにかけられて単純化し、やがて固まってできた小さなイメージのなかにまるごと吸いこまれていった。ともかく、世間に認知してもらいながらも、なんだかわからない場所に立ちつづけることが、どんなにむずかしいか、そのことを学びつづけた十八年だったともいえる。あるときをさかいに、そのせまいカテゴリーにつどう、せまいひとびとのなかで経済はまわり、扉はゆっくりと閉まっていく。それが、しょせんは嗜好品である雑貨の限界なのだ。きっと多くの商売の先人たちからは、扉が閉まってなにが悪いのかと諭されるだろう。ターゲットをしぼっていって残った需要が顧客であり、その人数を増やしていくのが商売なんだから、と。私はどこかで、まちがった曲がり角を折れてしまったのだ。

こんなふうに考えていくと、私は雑貨の世界でうまくいかなかったなにがしかを、ある時点から音楽に託しはじめていたのかもしれない。ひとは失ったものを現実で奪いかえせないとき、べつのかたちで想像的に回復しようとすることをやめられない。うまくいけばそれは創作と呼ばれることもあるが、たいがいは奇行としか認識されない。疫禍のなかで私の独りよがりなビオトープづくりはつづけられ、いつしかマイミュージックの楽曲は二万曲に達した。世界じゅうにあまたあるポップス、どうしようもないそれらの二番煎じ、地球上に生まれたあらゆる民族音楽、クラシック、ジャズ、ブルース、ロック、テクノ……それらから派生したオーソドックスなものから実験的なものまでをふくむ、すべての音楽を想像し選曲をつづけた。

サブスクリプションの音楽配信に登録して最初に検索バーに打ちこんだのは、私の店の名前だった。その検索結果から、なんど聴いてもどこまでが書き譜か即興かわからない、マイルス・デイヴィス・クインテットの演奏をさがしだした。マニアックなものはそれほどはないが、かわりにデュラン・デュランやTOTOも、ぜんぶあわせると三時間を超える「トリスタンとイゾルデ」も、サブちゃんの「与作」も入れた。べつだんそこまで聴きたくもないけど、ほっこりした雑貨屋ならぜったいに一度はむきあうべき毒にも薬にもならない癒し系のあれこれや、星野源氏のヒット曲もちゃんとある。耐えしのぶのだ。できればかからないでほしくとも、上京したてのじぶんを救った、どこまでも広がっていた音楽の水平線を思い出しながら、コンピュータによる無作為の選曲にむかいあってきた。しかし、これぐらいの曲調の落差や音量の振幅《しんぷく》に耐えられないのなら、雑貨屋なんてやめなきゃならない、と思うと同時に、ときどきなんのためにやっているのか、ぜんぶわからなくなることもある。

大学の講義のない週末、私は渋谷のタワーレコードで、すべてのCD棚を舐めるようにながめながら歩いている。東京にきてから、どうやら私は友だちづくりのプロセスをすっかり忘れてしまったようだった。どうやってひとと出会い、なにを話してるうちに親しくなるんだっけ……？　大学のクラスにもサークルにもバイト先にもなじめず、高校で一番親しかったTに毎月のように手紙を送った。ときおり返信があって、ある手紙には、彼がいま読んでいる小説について書いてあり、べつの手紙には、ぼくはもう大学を辞めるつもりだ、としるしてあった。つづく手紙では、あれほどいやだった実家の村に帰る旨がつづられていて、この世に問題のない家族なんてない、という結論にいたったから、という追伸があった。Tになんと声をかけていいのかわからなかった私は、高校時代にじぶんたちが一番尊敬してきた芸能界の神々——ムツゴロウ、アントニオ猪木、田中邦衛《くにえ》がいまもそれぞれのフィールドで、それぞれのやりかたで戦っていることをこんこんと説明する意味不明な手紙をしたためた。それからしばらくして、音信はとだえた。

　かぎられた、せまい出会いのなかで、多様性の多《た》の字にもふれることのない孤立した毎日を、音楽を聴いてやりすごした。有史以来、音を楽しむ行為はどんな場所にもどんな時代にも存在していて、そして知れば知るほど、びっくりするくらいさまざまな音楽があった。もちろん本の世界にだって食の世界にだって多様性はあるが、私にとって音楽は、細分化されたジャンルという名の壁をもっとも自由にまたぐことのできる魔法の世界であった。店をはじめて数年経ったころ、文化放送のとあるラジオ番組に呼ばれて、ボブ・ディランとゆずのフォークを、スティーヴ・コールマンとペズのジャズを、ビヨンセと安室奈美恵のR&Bを聴きくらべたりする……若気のいたりというか、ずいぶん悪趣味なコーナーをやっていたことがあったけど、忍耐力と寛容さと他人を想像する努力さえおしまなければ、どんな苦手だった音楽も聴くことができるようになってくるのだと身をもって学んだ。なにより本や映画とちがって、好きでもない曲でも数分間がまんすれば、いちおうその音楽を聴いたことになる。そのやせ我慢こそが、すべてのはじまりであった。たまたま私にとっては食における好き嫌いや、うまいまずいを克服するより何倍も楽だったのだ。

私のまわりに、どんな小説も哲学書も自己啓発本もノンフィクションも、ある種の詩としてむきあうことでジャンル横断的に読みこなすことができると豪語する博覧強記な本の虫がいた。そんな彼女は、ふだん欧米のロックかフォークしか聴かないらしく、日ごろからこの修験者にちかしいものをかってに感じていた私は、クラシックを聴くときはクラシックのチャンネルに、歌謡曲を聴くときは歌謡曲のチャンネルに脳みそをあわせるこつさえつかめば、いずれその音の世界にダイブすることができる、などと恥ずかしげもなく語った過去の記憶がよみがえってきた。

時間さえかければ、そのうち不協和音で満たされた現代音楽だろうと、幼いころはしんきくさくて耐えられなかった演歌だろうと、縁もゆかりもない国のフィールド・レコーディングだろうと、なぜこれほど高速で腰をふらねばならないのか理解に苦しんだ南米のバイレファンキだろうと、それなりに楽しむすべを手に入れられるのだ。うそじゃない。もちろん時間はかかる。音楽という人類がもっともうまく世界を縮減した小宇宙といえども、おそろしく複雑で、多くのひとは最初、その苦しみに耐えられないかもしれない。しかし、つくられた時代背景や文化的な状況を学んでみたり、あえてそういう文脈から切りはなしてみたり、ある種のギャグか儀式か修行の一環なんだと自己暗示してみたり、ただただ音が鳴っていることの不思議にフォーカスしてみたり、演奏者や作曲者になりきってみたり、高尚な作品をレコードプレーヤーで聴いているじぶんに酔ってみたり、歌い手の見た目や身体表現の美しさから入ってみたり、歌詞やメロディやハーモニーの一ぶぶんにだけ注目してみたり、コンセプトや曲の構造に光をあててみたり、小雨降る夜中のベッドサイドで小さいボリュームでかけてみたり、爆音のヘッドフォンをつけてただただ阿呆みたいに踊り明かしてみたり……なんやかんや苦しみをのりこえ、そのなけなしの興味をたよりにだだっ広い荒野を歩きつづけてみること。そのうちたとえ浅くて中途半端な味わいであろうとも、音楽という人類に付随したもっとも多様な世界の旅が、気がつくとはじまっている。

ストリーミング・サービスはその可能性を万人にひらいた。もちろんその旅をつづけていくうちに、じぶんが一生をかけて深く掘りさげて聴くべき、祈りにもちかい音楽に出会うことになるかもしれない。浅くても広い音楽と、せまくても深い音楽。それぞれの地図が、音楽界をフィールドワークするための必需品となる。

さらにいわせてもらえれば、この音楽の探索を人間社会の話に置きかえても、それほど大きくちがわないのではないかと私は信じている。少なくとも社会の多様性をそんなに声高に叫ぶのであれば、どんな価値観や趣味趣向をもったひとが、どんなふうに生きているのか、浅くても広い関心をもつ手だてをみなが学ぶべきではないか。好きになる必要もない。いるにこしたことはないけど、私のように友だちなんかつくれなくてもいい。もはや知りあいでさえない、友と敵のあいだにある、ほんの少しだけ関心をもった他者をひとりでも増やしてみること。ぜんぶの音楽をなんとかして聴き進めていこうとする探求や、あるいはすべての雑貨を想像してみようとする滑稽ないとなみとおなじように。そして音楽が流れはじめる。

結局、アマゾン・ミュージック・プライムで一億曲をシャッフルして聴くなんてことはできなかった。実際は、聴きたい曲を検索するとかってにプラットフォーマーが用意したへんなプレイリストに飛び、なかば強制的にランダムで聴かされるという、手のこんだいやがらせのようなシステムであった。だったら、いまこそ三万曲に達しようとするマイミュージックを営業中の店でかけるべきなんだろうけど、悲しいかな、著作権法という名の大人の事情で、それができないことにあとになって気づく。これ以上どっかの団体にお金をとられていたら、いよいよつぶれてしまう。

だから私は閉店後のだれもいない店で、三万曲入ったフォルダの再生ボタンを押す。椅子に腰かけて、深夜のラジオ番組に耳をかたむけるようにそれらを聴く。救急車のサイレンの音がのろのろと近づき、一瞬音楽のリズムと深くまじりあったあと、ぱっとほつれて通り過ぎる。高校から大学まで私の守護天使をつとめてくれた芸能界の三賢人は、つい先日全員がすがたを消した。物であふれかえった店内に、多様であることの苦しみをいくぶん消極的に表現したような、音楽曼荼羅が広がっていく。なんのために聴くのだろう？　ほんとうに好きだった音楽を損なうかもしれないことにうすうす気づきながら、なんでこんなことをつづけてきたんだろう。もういまさら、どうしようもないけど。音楽はつぎつぎと流れる。楽しく、悲しく、速く、ゆっくり。私は立ちあがり、鍵をかける。雑多な音楽

と物に囲まれた、そこはかとないむなしさのなかで、店じまいをする――カーテンを閉め、
お金を数え、床をみがき、灯りを消す。

フランク・ザッパと本屋の石

大学をでて雑貨屋をはじめるまでアルバイトしていた本屋がなくなったと聞いたとき、まっさきにあたまに浮かんだのは、やめる直前に本部からとどけられた色とりどりの石ころであった。店長に命じられて、その得体の知れない高額の小石を検品し、お金、恋愛、美容、仕事、健康……とそれぞれ効能ごとに仕分けをして、学習参考書の一部をどかしたスチールラックにならべた。なかにいくつか数珠《じゅず》状になっている物もあった。そのあと催事でつかったパイプ椅子と帆布のテントを片づけるようにいわれ、ファッションビルの地下にあったテナントから屋上の倉庫へむかう。ビルのうえから薄く紫色に染まった雨上がりの吉祥寺が見渡せた。さっきならべた石、買うひというんすか？　パワーストーン、売れんだよ、と店長はいった。『無能の人』。そうつぶやいた声は、風の音にかき消され店長の耳にはとどかなかったのか、おまえはいいよなあ、気楽で、おれなんて子ども四人いるから、といって背広の内ポケットから煙草をとりだし火をつけた。もうこの仕事、やめるにやめられないよ。口うるさくて嫌われ者だった店長が、なぜか屋上ではいつもとちょっとちがう人間に映った。おまえさ、昼すぎにバイト帰ってなにやってんの？　あっ、これで缶コーヒー二本買ってきて、と小さく折りたたまれた千円札をとりだす。八階に下りる階段わきの自販機にむかう途中、少しはなれた給水タンクのまえで、白いワンピースに黒い上着を羽織った三人組が視界に入った。彼女らは夕闇のなかで、『ノスタルジア』の冒頭の長回しみたいに長い髪の毛をなびかせながら、無表情のまま止まっていた。

本屋のバイトの同僚に、フランク・ザッパとどことなく似た堂後《どうご》という男がいた。同時期に採用された彼は、二年後に別れるまで私を「三品氏」と呼んだ。なにか頼んだとき、「はい」というかわりにかならず「ウイ」と返事し、メールでも「了解」のかわりに「Ｏｕｉ」と打ってよこした。もちろん「いいえ」は「ノン」。フランス語に堪能だったのかはわからないが、ＴＯＥＩＣのおどろくべき高点数を保持し、卒論も英語で提出したようだ。おかげで日本の大手電気メーカーの取扱説明書を英訳する、という仕事を大学の先輩から横流ししてもらっていた。同年だった私と彼は大学をでたあと就職に失敗し、バイトと副業で食いつないでいる点もおなじだった。あとこれも副業といっていいのだろうか、堂後はブックオフの百円棚でせどりした本を、誕生して数年しか経っていないヤフオクでちまちま売って小遣い稼ぎをしていた。たしかまだアマゾンのマーケットプレイスもそこまで拡充されておらず、古書の世界には、いまより値つけの自由が残されていた気がする。

あるとき、ファッションビルのテナント関係者だけが利用できる休憩室で、三品氏、昨日、速読術をマスターしましたです、と教えられた。まずウィリアム・テルの息子みたいに、あたまのうえに林檎を思いえがいてください。そしてカメラで写真を撮るように……といって、まったく読む気の起きない駄本を一ページにつき一秒のスピードでめくりはじめる。貧乏性の堂後は出品してから落札されるまでのあいだに、せどりした本のほとんどをこのあやしげな速読法で読破していたのだった。しかも、この技法じたいもブックオフの百円本から学んだものらしかった。ちなみにその日、休憩室で堂後がとりだしたタッパーには、家でゆでた素麺《そうめん》がぎっしり入っていた。ふりかけを慣れた手つきでまぶしたあと箸でつかむと、冷えて四角柱のかたまりとなった麺が宙に浮いた。いっしょにいるの恥ずかしいから、とのけぞる私の横で、なんの迷いもなくその白い物体にかぶりついた瞬間が、いまでも忘れられない。

また堂後ほどフランク・ザッパを愛する男に私は会ったことがない。ザッパはビートルズとおなじ一九六〇年代にデビューし、九三年に没したアメリカのロックスターである。現代音楽からドゥーワップ、電子音楽、フリージャズ、さらにはブルースもパンクもR&

Bもレゲエも……ともかくザッパの音楽は、そこにとりこまれなかったジャンルを探すほうがむずかしいくらいの大宇宙なのだが、彼を信奉する堂後は死後にでた物をふくめた百枚ちかいCDと、さらにおなじ数の未開封の物をあわせた計二百枚ほどのCDをもっていた。『フランク・ザッパ自伝』（河出書房新社）によると、ザッパにはシチリア、ギリシャ、フランス、アラブの血が流れていたらしいが、ザッパとどことなく似た鼻筋をもつ堂後は、レジの女性たちのあいだで、中東あたりの高貴な人間にちがいないという噂があって、私に彼の出自をこそこそたずねてくるひとも多かった。まあ、そんなわけないんだけど。

いまふりかえれば堂後と私が働いていたころの店はいつも活況をていしていて、どの棚にもぎっしりと本がつまっていた。でもバイトをやめてから十年くらい過ぎた二〇一〇年代のあたまごろになると、もはや売り場の五分の一くらいが雑貨に占有され、そのあと数年で店はなくなってしまった。だからときどき、閉店へといたる道の分岐点には、あの日、私が本をどかしてスペースをつくり、ちまちまとならべた石ころがあったんじゃないかって思うことがある。

本はすべてか

デジタル化の潮流のなかで失われゆく物——いつしか本は、その象徴的な存在のひとつになった。表紙と裏表紙、そのあいだにはさまれた頁《ページ》、栞《しおり》、花布《はなぎれ》、見返し。装幀家が手がけた美しいカバー、本棚にならんだときに役だつ背。スプーンやフォークなんかとおなじように、ひとの手は幼いころに本と一体化する。そして終生、頁を自由自在にあやつりつづけ、いろんなことを学ぶ。もうこれ以上ないくらい最良のかたちにねりあげられ、ながらく知の源泉として人類をささえてきた本は、ある意味で物のなかの物だったといえるかもしれない。だからこそ本にまつわる言葉は、ひとびとがアナログな物とデジタル化したものが拮抗する潮境《しおざかい》について語るとき、どうしたって特別な響きをともなってしまう。物としての本もいつかは消えてなくなるのだろうか、と。

「本の中にはあらゆる可能性がある。本によってあなたは自分の外に出て、自分を見失い、渇きで死に、かつ十全に生きる。本とはすべてだ」アリ・スミス（『波』二〇二二年八月号

「表紙の言葉」木原善彦訳、新潮社）

自動でレコメンドされた、だれだか知らないひとのインスタグラムに作家、アリ・スミスの言葉が引用されていた。そのひとのフォロワーとおぼしき者から「ほんとう?・」というコメントがぶら下がっている。またべつのひとから、じゃっかん上をむいたニコちゃんマークのあごのうえに、ピストルのかたちをつくった手をそえた顔文字がついていた。どういう意味なのか、よくわからない。どちらに対しても返答はなく、相手のコメントにハートマークをささげることで丸くおさまっている。でもそれを見て私は、まさにいま、ほんとうにそうなのか、が問われているのだと思った。ほんとうに「本とはすべて」なのか。客観的事実、エビデンス、「あらゆる可能性」の定義は……どこ? 見えない声のまえで私は立ちすくんでしまう。あなたがただ、そう信じているだけじゃないの? ほんとう?

日本においてアリ・スミスは、『両方になる』（新潮社）という小説で広く知られるようになった。本国では長編七作めにあたり、原題は「ハウ・トゥ・ビー・ボス」。ふたつの「第一部」と題されたパートからできており、印刷された本によって、どっちの話がさきにくるのかがちがっていて……しかもタイトルは『両方になる』で……という謎めいた前情報に私はまんまと踊らされて手にとったのだが、結果、近年でもっとも熱烈に追っかける作家のひとりとなってしまった。スコットランド、インヴァネス生まれの著者は、木原善彦氏のみごとな訳文によるところも大きいけれど、一読してすぐに彼女とわかる、短いセンテンスで時空を縦横に飛びまわるユーモアたっぷりの文体で、イタリア、ルネサンス初期に活躍した画家、フランチェスコ・デル・コッサの魂と、現代のイギリスに暮らし、母親を失ったばかりの少女の物語が、奇想天外な回路をつたって共振するさまをえがいた。アリ・スミスの言葉が、どんな時代のどんな光景であろうとおかまいなしに綽々《しゃくしゃく》と書きつけられていくリズムがたまらない。十五世紀の画布から最新のアイパッドまで、芸術家の鋭い眼光から人民を見張る監視カメラまでを軽々と行き来し、つないでしまう。ここから性別、人種、友敵《ゆうてき》……といった分断の時代におけるあらゆる両岸に、想像力をつかって同時並行的に降り立ってみる試みとして、アリ・スミスの実験的な小説を称揚《しょうよう》することも可能だし、実際そういう書評もいくつかあったように思う。

そのあと二年をかけて一冊ずつ発売されていった『秋』『冬』『春』『夏』（新潮社）の四部作ほど、完成をまちわびた本もめずらしい。まるでそのなかに入ると時間が早回しになって、注意散漫で、物忘れがはげしくなってしまうインターネット空間というものをパスティーシュし、そうすることによってだけ巨大なテクノロジーを相手どって戦うことができるかのような、ますます軽快となったアリ・スミスの語り口に私はしびれつづけてきた。この四つの連作は国民投票によってイギリス国民をまっぷたつに分断したブレグジットからはじまり、新型ウイルスによって世界じゅうの国境線が閉ざされていく厄災までをかけぬける。そこにはSNSが歪めつつあるさまざまな政治状況と、ひとびとをアプリで追跡し、群としてあつかうような環境管理型の権力によって追いやられていくリベラルの困難が——ひいては小説をふくむ文化芸術の危機さえもが、しかと刻みこまれている。ドナルド・トランプもグーグルもボリス・ジョンソンもアレクサもでてくる。とりわけ後半の『春』『夏』は移民や難民の問題が色濃くとりあげられているけれど、でもだからといって、ただストレートな正義をかかげるような凡百《ぼんびゃく》の政治的な小説とはまったくちがう。つねに登場人物の自問自答があり、巨大なシステムのまえで人間が真に自由であることの尊さをしめしたあとには、かならずそのまわりに、滑稽さや悲しみや後悔、そしてもちろん希望や喜びの言葉を多声的に置くことを忘れない。ハウ・トゥ・ビー・ボス。ものごとはつねに両義的な世界——時間と空間をこえた、さまざまな愛と死の物語のコラージュのなかで生起するのだから、と。

「リベラルな世界の船、と彼は言う。一緒にその船に乗って永遠に夕日の水平線に向かっていくのだと思ってた。／すべては変わった、完全に変わってしまった、と彼女は言う。それで今、新世界秩序の船はどんなふうになってるのかしら？／彼は笑う。／今、船があるのはコンピュータゲームの中だ、と彼は言う。デジタル情報で組み立てられた船をみんなが魚雷で爆破する。／人間ってお利口さん、と彼女は言う。ものの破壊を楽しむ新しい方法——面白い方法——を考え出すなんて拍手しないとね。リベラル資本主義的民主主義の終焉はさておき、最近はどうしてるの？　ていうか、会えてうれしいわ」アリ・スミス著／木原善彦訳『春』（新潮社）

あるときから私は「本とはすべてだ」という言葉を思い浮かべたとき、「ほんとう？」という声があたまのなかで鳴り響くようになった。それでもアリ・スミスの四部作をすがるように読んできたのは、どうしてなんだろう？　おそらく彼女が、その受難の時代を——沈みゆくリベラルな世界の船を、みんなでデジタルの船を魚雷で爆破するコンピュータゲームを、リベラル資本主義的民主主義の終焉を——どこまでも深く見つめ、理解し、ネット上から押しよせてくるさまざまな「ほんとう?」という声をふりはらうような短くて速い言葉でもって、むきだしの現実と渡りあってきたからではないか。あらゆる可能性——すべてが小説のなかにあることを念じながら、彼女はつぎつぎと切り崩されるリベラルな足場を、ユーモラスに組みかえていく。そこに打ち立てようとしている希望は、けっして世界の平穏をみなで祈る大伽藍《だいがらん》ではない。郊外のショッピングモールによくある、宗教問わず利用できる小さな礼拝所につどうような、日々に追われし孤立した個々人のなかに、ぱらぱらと断続的にめばえるものなんだと思う。

本を読むひとたち

いまもむかしも、本の虫たちの割合はあまり変わっていないのかもしれないが、暇や退屈をしのぐために、しょうがなく紙のうえの活字に目を走らせていたひとたちは根こそぎどこかに消えてしまった。いや消えたというより、あの満員電車で巨大な折り紙のごとく器用に新聞をたたんでかぶりついていたサラリーマンたちが、いまでは目を細めてニュースサイトをちまちまスクロールしているように、ただ小さくてスマートな端末のなかに時間が移行しただけ、というべきか。たしかに私も、目をさますと、いの一番に携帯電話を探してはにぎりしめている。スクリーンの奥底には巨大な水源地があって、有益な情報や、ひとびとのつながりが無数に流れこんでいるような不思議な感覚を、どうやってもぬぐいさることができない。

ジェームズ・W・P・キャンベルの『世界の図書館』（河出書房新社）という写真たっぷりの大著をぱらぱらめくっていると、かつて書物がぎっしりとつまった壁一面の本棚には、インターネットとはちがったかたちで、そのむこうがわに人類の歴史や知識が連綿とつづく世界像が広がっていて、えもいわれぬ魅力でひとびとの心を鷲づかんできたことがわかる。大聖堂の天井画とおなじで、手のとどかない場所まで本が配架された風景は、たとえ知の取水場をインターネット上の短文情報や映像に移し終えたひとでさえ、長いながい記憶の束に見守られているような霊性を感じるかもしれない。美しい図書館がどうのこうのといったまとめサイトや類似本の多さは、その裏づけであろう。かつての人間が、読まれることのない重厚な本に見下ろされたときに感じるなにかは、いくえにも記号化され、ホメオパシーの薬のごとくどこまでも薄められたかたちではあるものの、現代のさまざまな施設にたっぷりと生かされている。

たとえば角川武蔵野ミュージアムの、もはや映像を投影するスクリーンと化した八メートルを超える巨大本棚もそうだろうし、早稲田大学にできた村上春樹ライブラリーの地下へと降りていく階段を、アーチ状にかこむモニュメンタルな書棚もそうであろう。なかでも蔦屋書店の銀座店にある、高さ六メートルの書棚が四角くはりめぐらされた巨大なギャラリースペースは象徴的だと思った。その江戸の芝居小屋の上桟敷《かみさじき》のように宙に浮く五段の棚は、真っ白いカバーに覆われたダミー本で埋めつくされていた。もはやリアルな本をちまちま置くよりも、なんだかわからない白い本が整然とならんでいるほうが、一部の消費者には理知的な印象をあたえるのかもしれない。つまり本のディスプレイにおいて、どんな内容の本を置くか、という深層のコンテンツはどうでもよくて、表層のイメージこそが重要である可能性を暗に語っているのだ。おもしろいのは、こういった本のディスプレイ効果が、ひとびとがインターネットに流れ、本を読む機会をどんどん失するようになっていったのと反比例するかのように洗練を極めていったことだ。いまではカフェや美容室やギャラリーなどでも、あらゆる店の世界観に対応したディスプレイ方法が、ダウンサイズされたかたちで活用されている。

ＳＮＳ上で配達される炎上定期便のひとつに「民間委託された図書館」という枠がある。カルチュア・コンビニエンス・クラブが全国で手がけた一連の図書館はその筆頭だったけど、それ以外にもいろんな図書館から火の手があがっている。最近でも都内某区の施設が開館まえのプロモーションとして、地上三階ぶんの吹きぬけ空間につくられた、高いたかい書棚の写真を誇らしげに投稿したところ、待ってましたといわんばかりに、地震があったらあぶない、手が届かないので日に焼ける、飾るだけなんて本への冒瀆だ、といった批判が殺到した。もちろん本はまだならべられておらず、区の担当者も高い位置に本を置くつもりはなかったと証言しているが、私が気になったのは、そんな事実関係ではない。なんの役にもたたない馬鹿にでかい棚を嬉々としてつくってしまう欲望が、どこからどうやってきたのかということだった。

かつてはヴィブリンゲン修道院やらアンブロジアーナ図書館やらの天にむかう書架の魂というものがあって、あらゆる商業施設は、それらのアウラの一部をなんとか抽出し、記号化してとりいれようとしてきた。買い物する者を威圧しないていどに、本棚のうえから降りそそぐ、知的だったり崇高だったりするイメージのかけら。想像するに、今回はそれらの商売の手法が、非営利の空間にあわせて、よりいびつなかたちに変形して舞いもどってきている。もちろん、設計担当者はここに高い棚があったらみんなおどろいてくれるだろうなあ、と純粋に思いついただけなんだと思う。だからその職員が、歴史的な図書館から商業施設をへたのちに、東京二十三区の小さな公共図書館の扉をノックするまでの長い思考の遍歴を、逆方向にたどってみる、なんてことはできなかった。ある雑貨を買うときに、なんでそれがほしいと思うにいたったのかなんて、いちいち順を追って考えるひとがいないのとおなじように。

*

二〇〇三年、グーグル社はグーグル・ブックスという新規サービスをスタートさせたが、もともと彼らは英米の図書館に収められたあらゆる国の本をかたっぱしからデジタル・スキャンして、著作権のあるなしにかかわらずすべてを無償で公開する、という途方もない目標をかかげていた。その後、あたりまえだけど本にたずさわる各方面の業界から猛反発を受け、計画はあくまで書籍の全文章を対象とした検索サービスとして押し進められることとなる。紙の本のデジタル・スキャンは世界じゅうで日夜つづき、現時点で数百万品にのぼる。検索がうまくヒットしたときは、その検索ワードがのったページだけを閲覧することが可能で、パブリック・ドメインだった場合はあたまからおしりまでぜんぶが読めるようになっている。もちろん印刷も自由。

そんなグーグル・ブックスが二〇一〇年の夏、おそらくこの世界には一億三千万種類ちかい本が存在するだろう、という計算結果を公表した。冊数でいえば、数兆冊をこえる天文学的な数字になるんだと想像しながらも、発表から一年おくれで知った私は、なんの根拠もなく、ほんとうに本は一億三千万種類しかないのだろうか、といぶかったのをおぼえている。年にせいぜい百冊ぐらいしか読まないようなじぶんに、人類が生みだした書籍の数が多いのか少ないのかなんてびた一文わかるわけないいんだけど。いまこうやってふりかえってみると、グーグル・ブックスのニュースを聞いて、彼らが試算した本の種類の多寡《たか》に、いちいち疑問をていしてみたくなった裏には、当時の私がくりかえしていた、とある奇妙な習慣があったのかもしれないと思い当たった。

私は馬喰町《ばくろちょう》にあるずいぶんと時代錯誤な総合卸問屋《おろしどんや》に月一でかよっていた。毎度「和モダン」だの「オーガニック・シンプル」だの「北欧スタイル」だの「クリエイティブ・ライフ」だの、書いているだけで物を売るということがなんだったのか見失いそうなキャッチフレーズの洪水に浴しながら、おもにひとから頼まれた商品の買いつけをしていた。そこにはじぶんの店とはちがう刺激があっておもしろかったのはたしかだが、仕入れをすませたあとのあたまは、いつも朦朧としていた。そしてあるときから私は、東京駅のすぐそばにできたばかりの松丸本舗《まつまるほんぽ》という奇妙な本屋にふらふらと立ち寄るようになった。際限のない消費の現場から逃げだし、同店の選びぬかれた、癖の強い五万種の書誌に包まれる——最初はただ問屋からのアクセスがよくて、なんとなく足をふみいれていただけなんだけど、気づくとそれは毎月のささやかな楽しみに変わっていった。それまで意識したこともなかった本の種類数なんかに耳をかたむけるようになっていたのは、まちがいなく松丸本舗の影響であった。また、いまにして思えば毛色のちがう問屋と本屋、ふたつの場所の行き来が、雑貨屋稼業でおかしくなりつつあった心身をつなぎとめてくれていたような気もする。

松丸本舗は丸善、丸の内本店の四階の一角につくられた六十五坪という小さな書店内書店だった。プロデュースは編集者の松岡正剛《せいごう》氏。かのマニエリスム研究の大家、高山宏氏が「世界読書人史の最上位」と呼んだ正剛氏は、素粒子からラノベ、錬金術から脳科学、俳諧から資本主義、古代宗教からブロックチェーンまで……気の遠くなるくらいの本の森を渉猟《しょうりょう》してきた多読家である。あまり本を読まないひとでも、かつては月間百万アクセスをほこった「千夜千冊《せんやせんさつ》」というサイトの名前なら聞いたことがあるかもしれない。五十六歳になった彼は二〇〇〇年二月、第一夜として中谷宇吉郎《なかやうきちろう》『雪』（岩波文庫）から連載をはじめ、そこからほぼ毎晩一冊のペースで平均五千字ほどの文章をアップして、おなじ著者は一度しかとりあげないというルールのもと四年後に千冊を達成。ちなみに千回めの投稿では、以前みずから論じつくしたことのある仏僧、良寛《りょうかん》の全集をとりあげている。そこからはペースを落としながらも更新をつづけ、二〇二三年の夏の時点で、工藤万里江『クィア神学の挑戦』（新教出版社）を紹介して第一八二九夜をむかえた。

「千夜千冊」は、ただ千八百冊の本をおすすめする書評サイトではない。第一六三二夜、デヴィッド・L・ユーリン『それでも、読書をやめない理由』（柏書房）をめぐるテキストのなかで、「ぼくにとって一九九〇年代の世界と日本が最悪だったのである。ポストモダン以降の批評と文句の挙句がこうなのかと落胆した」とあり、その想いから「千夜千冊」を開始した旨がつづられている。たしかに晦渋《かいじゅう》であることはおなじでも、彼の癖のある書きぶりが、ポストモダニストたちの批評アプローチとは大きくちがっているのは、八〇年代の思想界を席巻した大きな流れにくみしてこなかった独特な距離感のせいであろう。まず第一に、本をさまざまな角度から味わいつくし、それを他人に伝えるためにはどうすればいいのか、という指南書にもなっている点が変わっている。正剛氏は一夜ごとに微妙に文体を変え、読むことと書くことのプロセスを見せてくれる。たとえば、私はそれまでどうしても読めなかったトマス・ピンチョンの『V.』が、第四五六夜で開陳《かいちん》された彼の読解法にふれてから、うそみたいにするする読めるようになったのは不思議な思い出だ。

とはいえ読書好きのあいだでも、「千夜千冊」のアクロバティックな本の散策術は、あうひととあわないひとにわかれるだろう。そもそもウェブ上で五千字以上の文章を一気に読むことに苦痛を感じるひとは多く、アクセス数にカウントされたものの、最後まで読み通せていないケースも多い気がする。でも正剛氏がいわんとすることをかみくだいてみれば、読書はもっともっと自由で、前後左右どっから読んでも、だれと、何人で読んでも、何冊同時に読み進めても、どんなふうに読みとってもいいのだということを説いている。そのへんは『多読術』(ちくまプリマー新書)にくわしい。さらには、本をおのれのものにすることが大切で、つまり本に書いてあるものごとをじぶんなりに記憶し編集し想起するプロセスぜんぶが重要であり、だとすれば読むことと書くことは、究極的にはひとつながりのおなじ行為なのだという確信がある。

「千夜千冊」の第二の特徴は、ひとつひとつの文章のなかに、何十冊という古今東西の時空をこえた関連本の情報——書影から出版年、版元の移り変わりまでを懇切ていねいに記し、そのいくつかをハイパーリンクでむすんでいくことで、全体でおそらく一万冊以上の書籍がたがいに濃密にからみあった小さな本の星雲を、よるべなきインターネットの虚空に浮かびあがらせたことにある。なにより重要なのは、それが広告なしの無料で公開されている点だ。「千夜千冊」は二十年をかけて、本が織りなす世界とはどういうものか、というメッセージをかかえたひとつのメディアとなっていった。
かような「千夜千冊」事業の達成をもって、松岡正剛氏を読書文化に資したジェネラリストのひとりとして評することに、一定の理解はえられるかもしれない。もちろん彼のつくった広告収入にたよらぬ摩訶不思議なサイトが、どんなふうに本を読むひとたちをささえてきたのかは、なくなってみないとわからない。また、その日本の伝統文化に精通したハイブローで、ときに禅問答的な語り口や、自由気ままに東西の詩歌をはさんだり、いくえにも単語を並置させたりする筆はこび、「情報工学」「日本という方法」「共読」「ブックウエア」などと独自の造語をつぎつぎと生みだすスタイルは、白髭の生えた仙人っぽい雰囲気とあいまって、本好きのあいだでも評価がわかれるところなんだと思う。

いまでも、ある年齢以上の読者にとって松岡正剛といえば、まずもって雑誌『遊《ゆう》』の編集者として語られることが多い。一九七一年、弱冠二十七歳にして同誌をつくるために仲間たちと工作舎をたちあげてから、二十世紀最後の年の「千夜千冊」へといたるまでの彼の旺盛な活動をつらぬくのは、ある意味で人智のすべてが折り重ねられた本の世界を、縦横無尽に線でつなぎ、縮減し、われわれの目のまえに、ひとつの魅惑的な小宇宙としてさしめす姿勢だったのかもしれない。

　なかでも九五年に出版され、高校時代の私がはじめて正剛氏にふれた『フラジャイル』（筑摩書房）をいま読みかえしてみると、「千夜千冊」が二十年以上をかけてつづけている世界模型の製作となんら変わらぬいとなみが、すでにはじまっていることにおどろかされる。『フラジャイル』は一方で古往今来《こおうこんらい》の膨大な書誌を大切な足がかりに、他方で「弱さ」というキーワードを手がかりにしながら、トルーマン・カポーティ、三島由紀夫、エドマンド・ホワイト、稲垣足穂《いながきたるほ》、アンディ・ウォーホル……などなど、およそ千人の人間をとっかえひっかえ召喚してきては、まさに彼らの思想を、両手のうえの重い紙の束のなかに凝集させている。このような、ひとつのテーマのもとに遠くはなれた本と本を星図のようにつなげ、いくどもならべ変えていくような構造は、彼の多くの著作で共有されている。

　発売されたばかりの『フラジャイル』をがまんして読み通した十代の私は、なんせずらずらと千人の偉人がでてくるわけだから、それだけであたまがよくなった気がしたものだ。これが彼の本の魅力であり、かつ危険な罠でもあることはまちがいないと思う。もちろん田舎でパンクバンドのまねごとをやっていた高校生の私は、網野善彦《あみのよしひこ》の公界《くがい》とスティーブン・グールドのいうネオテニーを「弱さ」という軸でむすんでみることのよしあしなんて、まったく考えてもいなかった。よってふりかえってみれば、『フラジャイル』の一番の効用は個々の議論ではなく、おそらく大学で上京したのちもずっと、私が読みすすめていくであろう書誌が織りなす世界——その霧深い領野が、人間が知りうるすべてを受けいれられるほどの奥行きをもっているのかもしれない、と感じさせてくれたことにある。そして今日も、なにはともあれ活字を追っている。本がもつ効きめは、かくも長く、遅い。

松岡正剛氏が所長をつとめる編集工学研究所が、「日本一の歴史と規模を誇る丸善の中に究極の書店のためのパイロットスペースをつくってほしい」と正式な依頼を受けたのは二〇〇九年春のことだった。先まわりして書けば、このときの会議が、その半年後に華々しくオープンし、そして千と七十四日という時間を満身創痍《そうい》でかけぬけ、最後は不本意な結末をむかえる松丸本舗のはじまりであった。二百八十九の棚が渦をえがくようにせまい回廊をつくり、そこに各一冊ずつ、五万種の本がならんだちっちゃな書店内書店に、私は仕入れのついでとはいえ、わざわざ東京駅で途中下車して足しげくかよった。

『松丸本舗主義』（青幻舎）という五百ページをこえる本のなかには、そんな松丸本舗の顚《てん》末《まつ》のほとんどがくわしく記録されている。たとえば書店が生まれる前段階に「図書街」という、アレクサンドリア図書館に霊感をえたような、なんとも無垢で壮大な構想があったこと。日本十進分類法にもとづかないジャンル分けをしたり、本を横に寝かせたまま積み上げたりした謎めいた棚づくりの方法。本の魅力を伝えるためのあらゆるしかけ。スタッフ教育や具体的な運営のやりかた。そしてなぜつぶれるにいたったのかという考察……。

そもそも松丸本舗プロジェクトの底流には、丸の内という都心の一等地で、構造的に利益率の低い本という品物を商うことのむずかしさにくわえ、正剛氏が選びぬいた五万種類の、ずいぶんと売りづらいハイブローな本をさばいていくことの不可能性がある。なにせ松丸本舗の最初の二年間でもっとも読まれてきた上位三位は、ダンテ、白川静《しらかわしずか》、寺田寅彦というありえないラインナップだった。しかし、つぶれた直接の理由はここにはない。なぜなら売れないことなど、上層部ははじめから折りこみずみのはずだから。根本の原因は、本を偏愛する数奇者《すきしゃ》たちをささえるパトロネージの精神が、より短いスパンでわかりやすい成果をもとめられるようになった経済の流れのなかで、経営者たちの心から消え去ってしまったことであった。そして経営母体の吸収合併が常態化し、領主の首はなんどもすげかえられ、それによってひきおこされた社内政治に正剛氏はまきこまれていったのだ。少なくとも私にはそんなふうに読めた。

くわしくは『松丸本舗主義』に書いてあるので省くが、ここで強調したいのは、同プロジェクトが複雑怪奇な企業体の思惑でがちがちにお膳立てされたレールのうえにあった、ということである。まるで巨人の手のひらを転がる小さな石ころのように。しかし経営陣の皮算用とはべつに、当時、丸善の担当者だったD氏は、二〇〇〇年から超然とした態度で「千夜千冊」をものしつづけてきた彼に、まさにある種の書店業界の救世主のようなイメージをもって声をかけたのではなかったかと私は想像する。正剛氏もその背後でうごめくシステムの打算を半分くらいはわかったうえで、現場の熱意にむけて「「本の世界」になにか一石を投じられるなら」と身も心も供した。いま「救世主」という言葉をつかったけれど、これはあながち冗談ではない。『松丸本舗主義』でも本をめぐって、「信じる」「救い」「祈り」といった言葉が頻出しているが、いつしか資本の激流をまえに、ひとびとは本のもつ力や存在を信仰のアナロジーで語りはじめてはいまいか。

こんなふうに、本のもつ弱さについて考えていると、十代に読んだ『フラジャイル』の一節を思い起こす。「弱さは意外な多様性をもっているということ、そして欠如や喪失や挫折こそが歴史をつくってきたということ」。弱さの「烙印には意外な逆転の構造がひそむ」ということ——。だから長いスパンで見れば、本のフラジリティにたいするわが心配は杞憂《きゆう》なのかもしれない。けれど、同書をふくむさまざまな読書から放たれた遅延する力によって、十数年の歳月をへて、本の世界の途方もない奥行きをまがりなりにも信じるにいたった私はいま、そのじぶんの信心が外がわからゆさぶられているのがわかる。そして松丸本舗が三年かけて突っ走ったあとさき——正剛氏が夜な夜なシャープペンシル片手に「図書街」という、八百万冊の本が織りなす書棚でできた都市を夢見ていた「さき」と、その少年性がありとあらゆる大人の事情のなかで掻き乱されていった「あと」——を思うと、なんともやるせない気持ちになってしまう。

本を撮るひとたち

二〇二一年五月某日、靄《もや》のように小雨がけぶるなか、私は東所沢の駅から松岡正剛氏が館長に就任したという角川武蔵野ミュージアムへむかった。正式な開業からは半年が経っていた。同館はカドカワと所沢市がクールジャパンの一大拠点をめざしてつくった「ところざわサクラタウン」という複合施設の一角にある。すべてを運営管理するカドカワは、出版部門の角川書店、ネット動画配信サービスの「ニコニコ動画」で知られるドワンゴ、その他、映画やゲーム事業なども統括するグループ会社だ。

私は傘をさし、駅からつづく郊外の市道を足早に歩いていく。途中、年季の入ったツタヤやバーミヤンなどが点在し、アスファルトもずいぶんとくたびれていた。なぜか道ばたのマンホールだけが新しく、そのうえにさまざまな萌えキャラがえがかれていて、あとで調べてみると、だれが決めたのかわからないが八十八か所あるアニメの聖地巡礼地のうちの記念すべき一番札所のスタート地点とのことらしく、私は知らぬまに彼らのいう巡礼の旅に組みこまれていたのだった。クールジャパンの拠点というものがなんなのか、浅学《せんがく》な私には想像もつかないが、正剛氏が二〇一〇年の秋、当時の民主党政権と経済産業省による「クールジャパン戦略」の有識者会議にまきこまれて、副座長の椅子にすえられたものの、その会議の茶番ぶり、官僚たちの文化政策の無策ぶりにあきれ、イギリスの「クール・ブリタニア」の二番煎じみたいな「クールジャパン」という看板は下ろしたほうがいい、とまで進言するも無視されたことぐらいは知っている。その十年後にカドカワが浄水場に盛《も》り土《ど》工事をしてつくろうとしている希望の総本山を、彼はどんなふうにとらえているのだろうか。

雨脚が強くなった。広大な芝の生えた敷地の右手には、じゃっかん下辺より上辺のほうが長く、逆さをむいた台形のようにそそり立つ石の建造物があった。中国の山奥から切りだしてきたという二万枚の花崗岩《かこうがん》をぴっしりと貼りあわせた外装は、見る角度でその灰色の階調が変わり、むかしのゲームにあったポリゴンのように見える。ぽつぽつといた来観者たちは全員、まるでなにかの儀礼みたいに巨大な石巌《せきがん》にカメラをむけている。あれが角川武蔵野ミュージアムなのだとまっすぐむかおうとしたものの、左手に異様なほど真新しい社《やしろ》が見え、私はまずそっちに吸いよせられていった。たくさんの赤いのぼりがはためき、つづいて六つ連続した小さな赤い鳥居と電飾で覆われた半透明の大鳥居の先に、今回の開発にあわせてつくられた武蔵野令和神社があった。

　ガラスの箱に、くの字にまげた鉄の板をかぶせた社には、天照大神《あまてらすおおみかみ》と素戔嗚尊《すさのおのみこと》という高名な神々を祀っているとのことだった。社務所にはアニメツーリズム協会の「じゅんれいちゃん」なる萌えキャラのお守りや、「ファイナルファンタジー」のキャラクターデザインで知られる天野喜孝《よしたか》氏が描いた、召喚獣《しょうかんじゅう》のシヴァと見まがうアマビエの絵馬などが売られていた。「ハートウォーミング神様小説」と銘打ったライトノベルとの連動企画もある。てっきりこの地にはむかしから、かたちはちがえど、なにかしら信仰のよりしろのようなものがあったのだと思い、後日、生まれも育ちも所沢で、いまもそこで小さな出版社をいとなむ知人に聞いたところ、「あそこ……何十年と草ぼうぼうの水道施設で、ほんっとなんにもないところでしたよ。夜はまっくらで。ていうか、神社って、つくれるもんなんすね」とおどろいていた。おそらく宗教法人格の取得はなく、カドカワのもつ敷地内に邸《てい》内社《ないしゃ》というかたちで祠《ほこら》を建てたと思われるが、ここまでの規模のものは近年めずらしいのではないか。今後、商業施設の開発における、あるいは地域活性化におけるひとつのオプションとして、神社を建立《こんりゅう》するという選択肢のハードルは下がっていき、いたるところで写真映えする意匠の祠を散見する日がくるかもしれない。外にでたあと、ガラス越しに現代美術家につくらせたという狛犬《こまいぬ》に軽く手を合わせ、あとにする。

寒くなってきたのでリュックに丸めてしまっていたヨットパーカーをはおり、ロールプレイングゲームみたいだなと思いながら、そびえ立つポリゴンにむかって進む。なかなか近づいてこない。ひと言で角川武蔵野ミュージアムといっても、五つの巨大フロアからなる複合文化施設の総称で、そのなかで私がどうしても行ってみたかったのは、四階ぶぶんにある、松岡正剛氏がもっとも深くかかわったであろう「エディットタウン」であった。なぜなら、かつて正剛氏がプロデュースし、私も足しげくかよった松丸本舗という書店とおなじ分類法で選ばれた、約二万五千冊の本が五十メートルにもわたって配架されている、というふれこみがあったからだった。

正剛氏は松丸本舗が閉業してからちょうど三年後、その魂を有楽町にあった無印良品の旗艦店の「ムジ・ブックス」というプロジェクトに移しかえた。同社のとなえる「感じ良いくらし」を念頭に、日常によりそうような、以前とはまたちがったタイプの二万冊が正剛流に選書された。しかしショップ・イン・ショップというよりは四方八方を無印良品の商品に囲われたオープンスペースだったせいか、本が本じしんの魅力を語りかけるような雰囲気は希薄であった。むしろお客が店にはりめぐらされた書棚をたどって、すみずみまで長時間歩き回ることを誘引したり、簡素であることを生まれたときから宿命づけられた無印良品の白いプロダクトに、さまざまな物語性や奥行きをあたえたり……そういった他業種の売り場に書棚をぽんと置いたときの、商業的な意味あいにばかり目がいってしまった。とかなんとかいいながら、しつこくなんどもかよったのだが……。その後、全国の無印良品に正剛氏の選書のミームは薄く拡散されていったけれど、私が馬喰町の仕入れ帰りに、松丸本舗の後釜として立ち寄っていた有楽町店は、これまた「三年」という不吉な符《ふ》丁《ちょう》を残して幕を閉じた。いちおう翌年、銀座に新たにできた実質の本店にムジ・ブックスのコーナーは復活するのだが、雀の涙ほどの規模にまで小さくちぢまっているのを見て、利益率の低い書籍が商業施設を彩ることの限界について考えさせられた。

つぎに正剛氏に出会ったのは、たしか東京の一度めの緊急事態宣言が解除されてすぐのころで、ユーチューブの画面のなかであった。今時《こんじ》の疫禍ですっかり役割を否定され、だれもいなくなった街にぽつねんと放りだされた私の店のよるべのなさを、インターネットで埋めようとしていたのだろう、私はまさにあらゆるインフォデミックにふりまわされる日々を生きていた。急いでアップされたとおぼしきその動画は、当時まだ即効性だけをもとめた「科学的」と称する無数の流言飛語が飛びかうなか、「ウイルスははたして悪なのか?」と題されていた。肺癌の手術から数年しか経っていないはずだが煙草をゆっくりとくゆらせながら、新型ウイルスをそうとう長い人類史的なスパンのなかに置き、平時となんら変わらぬ態度で論じる彼のすがたをひさびさに目にしたときに、しごく胸を打たれたのだった。

＊

最初にことわっておくと、その日は運が悪かった。まだ数人しかいない館内で手にとった、ウンベルト・エーコの『もうすぐ絶滅するという紙の書物について』(CCCメディアハウス)という本を低い椅子に腰かけてぱらぱらめくっていると、目のまえの女性が『源氏物語』を切妻《きりづま》屋根のようなかたちで頭上にかかげ、そのまま歌舞伎の海老反りのポーズをとると「はいチーズ……ほら、ほらっ、はやく撮って」と叫んだ。すると、素人とは思えない重量感のあるデジタル一眼のファインダーをのぞく若い男性が「かわいいです」「いただきます」「ナイスですね」などといいながらシャッターを切りまくる。ふたりの関係が気になりはじめ、もはや、もうすぐ絶滅するらしき物について私が知りたかったことは、なにひとつあたまのなかに入ってこない。

最近見かけなくなったけれど、むかし私の店のお客さんに「モデル」ではなく「被写体」と名乗る職業につく女性がいて、漆《うるし》の椀のように光る黒髪を、土から掘りだしたばかりの蓮根みたく結《ゆ》った彼女は「店主さんは知らないと思いますけど、一日数万円で、都内をデート感覚でめぐりながら、自由に撮影できるサービスがあるんですよ」と教えてくれた。

「同伴みたい」

「私は紹介制なんですけど……てか、やっぱ怖いんで。最近はコスプレ写真の世界でそれなりに知られたひとからしか、仕事を受けていません」

いま目のまえにいる男女も、撮らせてあげるがわと撮ってもらうがわの立場を逆転させながらも、おなじ同伴型の撮影サービスの一種なのかもしれないと思った。ちなみに被写体業のお客から見せてもらった宣材写真は、白いボディスーツを着た彼女が、パリのアパルトマンにありそうな猫足のバスタブに水死体のように浮かび、観音開きの窓からは新海《しんかい》誠《まこと》ばりの嘘のようなトワイライトが広がっていた。べつの一枚は葉山の美術館で撮ったものらしいのだが、尻尾と猫耳がついた迷彩服を着て猟銃をもった被写体のうしろに広がる海の色彩は、赤青黄色がやりすぎなくらい濃く滲みでていて、どことなく映画『愛の世紀』

の海景に似ていた。

「もはやＣＧですね」

「写真ですよ」

「でもゲームやアニメの世界に近づくための……」

「いや、現実の写真ですよ、ふつうの」


集中力を欠いた私は本を読むのはあきらめ、かわりにスマートフォンで『もうすぐ絶滅するという紙の書物について』の版元をぼんやりと検索している。どうやらもともと阪急コミュニケーションズからでていたが、同社は二〇一四年の事業再編のなかでＣＣＣメディアハウスに会社分割され、株式をその親会社で蔦屋書店などを運営するカルチュア・コンビニエンス・クラブに譲渡しているらしい。とくに深い理由もなく、本の絶滅をめぐる同書がカルチュア・コンビニエンス・クラブの傘の下から生まれでることの因果について考えてみようかと画面をスワイプしていると、さっき海老反りしていた女性が「あ痛っ、背中が……」とうなりながら私の三つとなりの椅子にどかっと座った。男は「うんっ、そのかんじも、いいかも」とカメラをかまえ、女は「ちょっとやめてよ」と机にだれかが置いたままにしていた横に長い伊勢神宮の写真集で顔の下半分をかくした。ふたたびカメラマンが「いいの、いただきます」といってシャッターを切る。じゃれあいは終わらない。ふたりの背後の壁にかけられたモニターでは、館長の正剛氏が真剣な面もちで「アニメはもともとアニマで……」とかなんとか話しているが、だれも聞いていない。というか、その日は本を読んでいるひとさえほとんどいなかった。再度ことわっておくけれど、私の訪問日がたまたま運がよくなかったのだ。

二〇二〇年の大晦日、毎年放映される国民的な歌合戦番組に、ヨアソビという人気のふたり組が中継で出演した。その舞台に選ばれたのが、館内の一番奥にある八メートルの巨大本棚に囲まれた吹きぬけの空間だった。それから五か月後、私がおとずれた晩春の平日は、おそらく年末のテレビ放送を見て、あの日のステージとおなじ、光輝く華厳《けごん》の滝のような映像がプロジェクション・マッピングで投影された書棚を、どうしても写真におさめたいひとびとがいっきに押しよせたあとだった。そんなどこかのだれかに自慢したいだけのミーハーな波もじょじょに消えていき、でも、かといって得体の知れない疫病がゆっくりと広がるなかで、優雅に本でも読みに行こうなんていう客すじもまだいない凪《なぎ》の時期だったのだろう。ともあれ私のじゃまをしつづける玄人《くろうと》インスタグラマー以外は、なんとなく好奇心でまぎれこんで、入館料の千数百円をめいっぱい有効利用するかのように棚の写真を撮ったり、いろいろな本をぱらぱらめくってみたりするひとが多少見うけられたぐらいだった。松丸本舗のあのじゃっかん羊水的な感覚をひきずりながら独りやってきたような、うしろむきな輩《やから》は私だけだったのかもしれない。

ふと、お台場のレゴランドやチームラボのアトラクション施設で感じたなんともいえない寂寥感を思い出した。きっと生粋の本読みは来てもいっぺんこっきりだろうし、あとくされのない観光客が流れゆく埋立地にこそふさわしい……とかなんとか考えていた私は、じぶんがのちのち、この場所に三度も舞いもどる未来をまだ知らなかった。毎回、一時間以上かけて電車を乗りつぎ、買うことも借りることも、集中して読むこともできない二万五千冊の本をただただ感じるためだけに、千数百円を払いながら。しかも店が休みの月曜日はたいがい夜に予定があって、午後三時まえには退散しなくてはならず、朝一番に家をでたとしても滞在時間はほんの数時間しかなかった。なにが私を所沢のお台場へと駆り立てたのかを、いまも考えている。

計四回の来館のうちの一度は、見落としていた一階の「マンガ・ラノベ図書館」をおとずれるためだった。私の読書人生の出発点には角川書店があり、いまも足をむけて寝られない。小学生のころのバイブルは、ぜんぶ過去形の「た」で終わる文章がどこまでもつづき、読めどもよめども終わらない村岡花子訳のマーク・トウェイン『ハックルベリィ・フィンの冒険』（新潮文庫）だったけれど、それとおなじくらい食らいついていたのがライトノベル前史ともいうべき角川スニーカー文庫の小説群であった。水野良『ロードス島戦記』、広井王子《いおうじ》『蜃気楼帝国』、そしてアニメ監督としてではなく小説家としての富野由悠季《とみのよしゆき》が書いた、やたらにこむずかしいガンダム・シリーズ……。なかでも一番好きで中学三年まで買いつづけた竹河聖《たけかわせい》『風の大陸』は、おなじくカドカワ系列の富士見ファンタジア文庫だった。それらはまさしく文学とロールプレイング・ゲームをつなぐ重くて軽い小説であったことに私が思い当たったとき、正剛氏が角川武蔵野ミュージアムの館長になった折に、荒俣宏《あらまたひろし》氏と相談してかかげた「ハイ&ロー」というテーマがなんとなく気になりはじめた。

同館のウェブで公開されている二〇二一年一月十五日付の「館長通信」には、「ハイ&ロー」とはハイカルチャーとサブカルチャー、レギュラーとイレギュラー、フォーマルとカジュアル、ノーマルとアノマリー、クラシックとポップス、メインとサブであると列記し、われわれはその両方を提供するのだといった話が書いてある。こういった、歴史的な出自にしたがってかってにへだてられた上位文化と下位文化、根拠のない高尚なジャンルと卑俗なジャンル、そんな両者をつなぎ、まぜあわせてみる重要性は『サブカルズ』(角川ソフィア文庫)のなかでも正面切って論じられている。よってまずは、彼がもっとも情熱をそそいだであろうエディットタウンと、カドカワの出版部門における中核ともいえるマンガ・ラノベ図書館がひとつ屋根の下にあって、おなじチケットで行き来できることを「ハイ&ロー」と呼んだのだ、と考えてみるのが自然であろう。

しかしよく考えてみると、この「ハイ&ロー」という表現は意味の幅が広すぎて、つかいかたしだいでどんなものごとにも当てはめることができるマジック・ワードでもある。たとえば松丸本舗だって、けして読書通とはいえない私からすればハイブローな本ばかりで、「猿でもわかる」といった読者を小馬鹿にしたような宣伝文句のローブローな本は皆無だったから「ハイ&ロー」な場所じゃなかった、ともいえるし、でもそもそも本じたいがハイカルチャーとサブカルチャーのすべてを内包するものなのだから、杉浦康平から杉浦日向子までがならんだ同店はじゅうぶん「ハイ&ロー」を体現してたんだ、っていいかえすことも可能だ。鳥の目になるのか虫の目になるのかで、結論を百八十度変えられる。だからむしろ松丸本舗のころには謳われることのなかった、そんな玉虫色のコンセプトをかかげなくてはならなかった裏には、官僚をまえに「クールジャパン」を一蹴し、まだ正体不明だった新型ウイルスをパンデミックとはちがった時空から語り、本の未来をつなぎとめるために広告をいっさい排したデジタル空間を死守しつづけてきたような、それまでの正剛氏の歩みとは大きく異なった流れのなかに、みずから身を沈めざるをえなかったことと、その釈明の気持ちが隠されているのではないか。

いくら館長という役職がオブザーバー的な関わりだったとしても、じぶんの名前のもとに、歴々の読書家たちが寄託した五万冊の書物にむけて、手をかえ品をかえアニメのキャラを投影したり、たいがいのひとがなんとなく楽しめるくらいに、わかりやすく希釈された妖怪だのゴッホだの猫写真だのアマビエだのの展示企画を打ちつづけたりしなくてはならない状況は、なれるまでに時間が必要であろう。だって『日本文化の核心』（講談社新書）でも再三、「日本文化はハイコンテキストで、一見、わかりにくいと見える文脈や表現にこそ真骨頂がある」、「日本人はディープな日本に降りないで日本を語れると思いすぎた」、「安易な日本論ほど日本をミスリードしていく、と口すっぱく語ってきた正剛氏が、わかりやすさのなかに沈潜していかねばならないのだから。

もちろん理解のしやすさは大切なことだ。なぜなら多くのひとにとって知の源泉が本からインターネットの短文や映像のなかへと移行しつつある世のなかで、「千夜千冊」のミームを広め、書誌の世界をつなぎとめるためには、読書になんの関心もないようなひとびとをこそ、まきこむ必要があるからだ。だからわかりやすくてもいい。でもほんとうにそれはディープな内実をともなっているのか。いささかうがった見方にはなるが、私には「ハイ&ロー」というコンセプトの「ロー」が担う意味の最果てに、本の将来のために、つぎつぎと知識や文化芸術をマネタイズすることを宿命づけられた資本の瀑布《ばくふ》という低い場所に立たざるをえない、いや、あえて立つことを決めた彼じしんが見え隠れしているように思える。

私が読みたかったオールドスクールなライトノベルは、けっきょく見つけられなかった。さっきからマンガ・ラノベ図書館をうろうろしていると、やたらに女子中高生が多いことに気づく。世の学生諸氏の夏休みとまるかぶりだったと知ったのは、家にもどったあとだった。同館で三十年以上まえのノスタルジーを満足させることはそうそうに断念し、松岡正剛氏が「ハイ&ロー」の精神にもとづき「千夜千冊」で論じてみせた『君の膵臓《すいぞう》をたべたい』(双葉社)を探してみるも、やはりどこにあるのかわからなかった。なので棚からてきとうに『お見合いしたくなかったので、無理難題な条件をつけたら同級生が来た件について』と『真の仲間じゃないと勇者のパーティーを追い出されたので、辺境でスローライフすることにしました』（角川スニーカー文庫）という、めまいがするような長文タイトルの二冊をもって席につく。いまライトノベルが近代小説の自然主義的リアリズムからはもちろん、私が好きだった牧歌的なファンタジーノベルからも、ずいぶん遠くまできていることをしみじみと思った。こうやって昨今のラノベにやどるリアリズムをまったく名指すことのできぬ中年の男が、むりしてページをめくっていることじたいが、なにかの迷惑行為にひっかかるのではないかという気がしてきて、急いで外のテラスにでた。せまい芝生には、なぜか巨大な武人埴輪《ぶじんはにわ》の頭部が埋めこまれていた。どこもかしこも強い斜光にあふれ、だれひとりいない。しかたなくテラス席に腰をおろし、もしかしたら『真の仲間じゃないと勇者のパーティーを追い出されたので、辺境でスローライフすることにしました』とは、あずかり知らぬ婉曲《えんきょく》表現で、社会からはじかれた私のような個人事業主の辛酸《しんさん》をえがいているのかもしれない、などと阿呆な想像をしながら読みはじめた。でもしばらくして、ガラスのむこうの涼やかな部屋のなかでラノベを読みふけるたくさんの学生たちが目に入ってきたとき、なんだかじぶんが、上野動物園の檻のなかで突っ立っている嘴広鸛《はしびろこう》にでもなったような気がした。

背中を痛めながらも、あのイナバウアー的な読書法をみなに見てもらいたい女と、そんな彼女をほめちぎっては写真を撮りまくる男の話には、もう少しだけつづきがある。万巻《ばんかん》の書に囲まれ、「本は顔である」とか「液状的リスク社会を見ているのか見られているのか」とか「日本の正体」とかいった標語パネルが高い天井からぶらさがった小道に、私はやかましいふたりを置き去りにして奥の本棚劇場に進んだ。ところが投影される剣豪たちのアニメーションを尻目に、五階へとのぼる階段の手すりにつかまったとき、追いぬいたつもりの彼女と彼が、私を見下ろすかたちで踊り場にいた。もちろん本をかかげ、からだをのけぞらせたあのポーズで。先にいるはずのないふたり組をどう考えるべきなのか。でもしばらく見上げていると、男女の服装がまったくちがっていることがわかる。トイレで着替えて、私の知らないルートで先回りしたのだろうか？　いや、目のまえにいるのはさっきと背格好の似たべつのペアで、いまＳＮＳ上では撮影に一日ゆったりと同伴してくれるサービスが流行っていて、さらには、本を読む写真をアップするときは海老反りするのが定番なのかもしれない……。長い階段の壁面はすべて書棚になっていて、そこは荒俣宏氏の蔵書から三千冊を選んで配架した「アティックステップ」というコーナーであった。女はつぎのポーズで、ちょうど手近な棚にあった『全宇宙誌』（工作舎）をかかえながら目をとじた。「イエス。宇宙、もっと抱きしめちゃって」——。男はシャッター・チャンスを逃さない。小口にまで銀河がはみでた美しい造作のそれは、たしかDTPがなかった時代に七年かけてつくられた物だったはずだ。私はふたりのまえを軽くあたまを下げながら通り過ぎ、階段をのぼった。

残りの来訪も季節はちがえど平日であった。どちらも初回にくらべ、エディットタウンの回廊の棚にむかって思いおもいの本を読むひとたちのすがたが目について、なんだかほっとするような、寂しいような気持ちであとにした。帰り道、なにひとつ時間の堆積を感じさせない白い日本狼の神使像《しんしぞう》に遠くから手をあわせながら、もうそろそろ来なくてもいいのかもしれないと思った。ビブリオフィルや本の虫たち、愛書家になりたいひとたち、かつてそうなりたかったひとたち、本を介してだれかとつながりたいだけのひとたち、本の中身はともかく本そのものが映えるのか映えないのかに全神経をささげるひとたちに囲まれながら、きれぎれの集中力をふりしぼって読書をすることに、なんだかんだ文句をいいながらも、ある種のいびつな愛着があったのだろう。それはかつて震災をはさんだ数年間を、「クウネル・ファッション」だの「ヨーロピアン・ゴシック」だの「ミニマル・エコロジー」だの、なんとかして物を売らんとしすぎて意味不明な記号にあふれかえった馬喰町の卸問屋に身を浸したあと、丸の内の松丸本舗をおとずれ、ダンテや白川静にふれてなにかをとりもどすような、昨今のサウナ室と水場を行き来する健康法とも通ずるいとなみを思い出させてくれた。疫病にすっぽりとおおわれた東京からぬけだして埼玉の角川武蔵野ミュージアムに通い、あらゆる意味での「ハイ&ロー」を堪能した日々が、その変奏であったことを、いまようやく知りつつあった。

おしゃれな密室の内と外

理想のセルフイメージを懊悩《おうのう》しながらもさぐりつづけるいとなみは、人生にはつきもので、大なり小なり、だれしもが巻きこまれることとなる。これが自意識の高速増殖炉のごときSNS上ともなると、かてて くわえて、どう思われたいか、どう見られたいかという小競りあいのようすを何倍にも明確に、そして何倍にも戯画的に映しだしてしまう。私も商売のいきづまりからインスタグラム開設の重い腰をあげたとき、その闘技場でどういう物撮《ぶつど》り写真をのせていけばいいのかまったくわからず、なにを思ったのか、航空写真さながら商品を真上から撮った写真を馬鹿のひとつおぼえのようにアップしていた。だれもハートマークをつけてくれない。このままでは埒があかぬとインスタグラムの大河にひとり漕ぎだし、つぶさに川底をのぞいていると、じつにさまざまな趣向で物が切りとられ流されていくことがわかった。

無印良品のカタログみたいなひたすら明るい白バックの写真、長くのびた物の影でなにかを語らんとする写真、あるいは必ずひとすじの自然光が横断する写真、屋外の忘れ物のような雰囲気の写真、ポラロイド風の過剰にノスタルジックな写真、フラッシュを焚いて物の半分が光の反射で見えなくなった気だるそうな写真、いちいち森の切り株に物がのっかったファンシーな写真、物のとなりにハイブランドの商品をたくみに写りこませたセレブきどりの写真、まったく笑えないおしゃれなトマソン風写真、ひたすら無造作であることを追求した作為的な写真……。なかでも私の目は、高解像度のカメラで、やたらに暗く沈みこんだ写真をあげるひとびとに惹かれていった。彼らは明かりを灯し忘れた曇天《どんてん》の午後のような、あるいは薄日さす明け方のような、美しく幽玄な闇に工芸品や手料理をドラマティックにそっと横たわらせていて……。

Q氏を発見したのは、そんな仄暗い写真をあげる一群が織りなす、ささやかな生態系の存在を知り、毎日うろうろと彼らの領野を歩きまわる日々のなかだった。ふだんは会社勤めをしているらしいのだが、彼の目は被写体を覆う闇の濃度にすっかり慣れてしまったのだろう、おそらく私がフォローしはじめたころからだんだんと画像が暗くなっていき、あるときをさかいに、もうなにが写っているのか常人には判別できないレベルに達していた。それにしても暗すぎやしないか。いや、そこには眼識ある者だけにしか見えない陰翳礼讃《いんえいらいさん》的な美でもあるのだろうか……。なによりおどろいたのは、忘れもしない綿雪の降る冬の日に、吉祥寺の雑居ビルの二階にある古いルノアールでQ氏のインスタグラムを見ていると、画像に写りこんだほとんどの物が突然、外部のウェブショップとリンクでつながって連動するようになっていたことである。こんな新機能があったことも、彼がショッピングサイトをもっていたことも知らなかったが、リンク先にはどこにでも売ってそうな木のしゃもじゃ器が、まるで古墳時代の神具のようにうやうやしくたたずんでいた。きっちりと値札をつけて。このQ氏の写真における小さくも深い変化をまのあたりにしたとき、業者ではないはずの、ある種の美を追いもとめる者たちのあいだでは、美しい写真と売るための写真、ふたつの空間にいつしかなめらかな交通が生まれ、たがいが不可分に混じりつつあることを理解した。同メディアにおける、新たな美の基準が胎動しはじめていたのだった。

それからである。私もアイフォンからデジタルカメラにもちかえ、航空写真から暗がり写真へと転向し、まえにも増して滑稽な物撮りをはじめたのは。電気を消した開店まえの店で、コンクリートの床に皿を置いて這いつくばるじぶんを笑いながらも、やめられない。知りあいの絵本屋にも「もう暗い系は古いですよ」などといわれたけれど、おりる方法もわからない。そしてある朝、自室の本棚のうえのたくさんの小さな版画やレゴ――ハリーポッターの天文台の塔、動物レスキュー隊のツリーハウス、セサミストリートの一二三番地――などをぼんやりながめながら、無意識にそれらを正方形サイズに切りとり、見えないシャッターボタンを押していることに気がついた。いままさにカーテンごしの曙光《しょこう》のなか、いいなと思う気持ちとほしいなと思う気持ちが、ひとに見てもらいたい物とひとに買ってもらいたい物が、私の目覚めたばかりの両眼のなかで溶けあっていく。

＊

手もとに、とあるインテリア雑誌がある。特集は「デザインのいい仕事部屋」。表紙のリード文は「リモートワーク、はかどってますか？　新しい仕事場の作り方、インテリア、家具」。世界は疫病に包まれテレワーク化が進み、ひとびとはせまい仕事部屋で長時間過ごすようになった。すると、そのかぎられた空間をどうにかこうにか快適に、あるいはズームでのぞき見られる一角を、ちょっとでもおしゃれな見ばえにならないものかと四苦八苦するひともあらわれてくる。つまりカメラがとらえる自室の一隅は、ＳＮＳのアイコンとおなじような、じぶんを発信するひとつのメディアになったわけだから。

その関心の高さは、インスタグラムやユーチューブなどで「デスクトップ」「ワークデスク」「デスクセットアップ」「デスクツアー」といったキーワードを英字で打ちこむと、ずらずらとハッシュタグがわきあがってくることからもわかる。マックブックを中心とした各種ガジェット、文具、デスクライト、椅子、読みかけの資料、飲みさしのマグカップ……愛用の品々が無造作に置かれた、なんてことない仕事机の風景。ではなく、そのように見えるように巧妙に配置された風景、あるいはそのように見えすぎないように野暮ったく再配置された風景……。ＳＮＳ上の、いわゆるおしゃれな机の写真に映りこんでいるのは、こうやってえんえんとつづく再帰的な思考のかけらである。

パソコンはマックがいいのか、あえてウィンドウズなのか、いまこの瞬間なんの本を読んでいるとかっこよく見えるのか、ひとがもってないような高価な美術書か、一周して実用書やベストセラー小説を置くべきか、どんな文具をつかっているのが正解なのか、たとえば機能性重視の国産なのか、キッチュな輸入品なのか……といった机上の物の選定がまずある。さらにその下の階層に、いつも読んでいる設定の本の積みあげ方、机に転がらせた消しゴムやペンの角度、乱雑さ、なんなら飲みかけのコーヒーの減り具合までもが、おしゃれであるかどうかの俎上《そじょう》にのせられる。そしてシャッターを切るたびに、すべての要素の微調整が何度もなんどもくりかえされる。同誌は、そんな涙ぐましいハッシュタグをたどっては、自宅の仕事部屋づくりに活用してきた勤勉者たちにとって、打ってつけの一冊になるだろう。

本誌に登場するのは、デザインやアートの業界に紐づいたひとびとばかりだ。インテリアデザイナー、アートバイヤー、プロダクトデザイナー、アートディレクター、ファッションデザイナー、デザインジャーナリスト、ギャラリスト……。あとは建築家、写真家、スタイリストなどなど。いうまでもなく、おしゃれな仕事部屋しか登場しない。埃が舞い、崩れ落ちそうな本と雑貨に囲まれた自室でページをめくりながら、私は「おしゃれ」という名の曖昧模糊《あいまいもこ》とした感覚の源泉が、いったいどこから湧きでてくるのだろうかと考えざるをえなかった。

モエ・ヘネシー・ルイ・ヴィトン傘下の、あらゆるメゾンの広告イメージから？　世界じゅうに散らばるガゴシアン・ギャラリーの重たいガラス扉のすきまから？　わからない。ともかく私とは縁のない高いたかい山のうえから、ドライアイスの煙のようにあふれだし、そのおこぼれがわれわれ下々《しもじも》の者の頭上に落ちてくるのだろう。おしゃれ感覚の水源は、天蓋《てんがい》に映しだされた幻灯機の光のごとく、けっして手で触れられぬ場所にあって、いまもむかしも私をまどわしつづけている。すると、上京してからの数年間、まるで一度かかったらしばらく治らない病のように、おしゃれか否かという二分法にしたがって物を見さだめるようになり、じぶんはおしゃれなのだ、というなけなしの、でも完全にまちがったアイデンティティをもとめ、ひとりさまよい歩いた記憶がよみがえってきた。

田舎からでてきたばかりの大学一年生の男が、東京とは思えない山深いキャンパスの芝生を横切っていく。小山に囲まれた広大な敷地は、どこにいても時間がまのびしていて音の響きが鈍く、彼はいつだったか家族旅行で立ちよった名もなき古戦場《こせんじょう》のことを思い出していた。「いま東京いうたら、みんなメッシュいれとるけん」といわれ、地元の「バッドボーイ」という美容室で色をぬいたばかりの前髪を意識しながら、いつも止まったままのスプリンクラーをまたぐ。メッシュのやつなど、どこにもいなかった。のちに彼はクラスの女の子に「関口宏みたい」と笑われることになる。また遠目からは漁師の地引網と区別がつかない黒いメッシュのバッグを肩にかけている。なかにいれた「新入生履修登録ガイダンス」やポケットティッシュや筆記用具がまる見えだった。そこにさらに半袖なのにハイネック、というスウェット生地の服をあわせ、下はすべて塩化ビニールでできていて、チャックがむやみやたらについたベージュのパンツをはいている。どちらも吉祥寺の「サーティースリー」というテクノ系のレコード屋で、わけもわからず買わされた物であった。塩ビのパンツはいたるところに英字新聞風のアルファベットの文章がプリントされており、もちろん一滴も汗を吸わないので、歩いたりしゃがんだりするたびに皮膚と擦れてぶりぶりという音を立てている。しかし男は気にとめるようすもなく、意気揚々と経済学部棟へむけて闊歩する――。

ああ、おしゃれであるということはなんと残酷なのか。もはや病というよりも呪いにちかい。かっこよさの一寸先には、つねに滑稽さがつきまとっていて、しかもそのアイデンティティは意識の深層部ではかならず、おしゃれではないだれかを見下すこととひきかえに発動されている。でもほとんどの素人は、結局あたまのなかの小さな競技場を、従順な一消費者としてうろつきまわるだけなのだ。店をはじめて二十年弱、私はそんなおのれじしんの阿呆な呪いと戦いつづけてきたのかもしれない。ときおり遠くから、あの塩ビと皮膚が奏でるぶりぶりという音が聞こえる。そのたびに、いい聞かせなくてはならない。おまえはけしておしゃれにだけは染まってはならぬと。

話はさらに逸れていくが、同誌の特集名しかり、おしゃれであることをつきつめればばつきつめるほど、当人は「おしゃれ」というレッテルを忌避《きひ》するようになり、デザインのいい、センスのいい、趣味のよい、感じのよい、美しいなどといった言葉へと横すべりしていく。たとえば二〇二二年五月号の『&プレミアム』(マガジンハウス)は「センスがいいって、どういうことですか。」という興味深い特集であったが、そこではアクロバティックなまでに「おしゃれ」という言葉がしりぞけられている。本文にもほぼ登場しない。なぜなのか。ひとことでいえば、それは「おしゃれ」という属名が、完全に相対化されてしまったからである。むかしから、おしゃれ、サブカル、オタク、ヤンキーなんていう、おたがいを小馬鹿にしたようなステレオタイプな属性があったわけだが、インターネット以降、価値観の細分化が進み混沌となり、それぞれの垣根がなくなっていくのかと思いきや……ますます古くからあるレッテルが強固なものになっていった。他者をわかりやすい肩書きや交友関係で断ずるこの傾向は、趣味趣向の領域のみならず、政治の世界の右と左にわかれたネット内の塹壕戦を見ればあきらかなように、あらゆる局面において強まってきている。ちょっとした会話のなかで内と外が、あるいは敵と味方がわけられてしまう。それは「おしゃれ」という言葉が、内部でつかわれなくなった一方で、外野からはひんぱんに名指されるようになっていった現象と無関係ではない。

もちろんいい面もある。インターネット上でちかしい価値観のひととだけつどえるようになったことは、いままでひとりさびしく趣味をみがきあげてきた者たちに、じぶんだけじゃないんだ、という大きな連帯と心の平穏をあたえてくれた。だけど逆からいえば、このネットのもつ特性は知らぬまにどんどんとせばまる廊下の先の、小さな趣味の密室へと迷いこんでいくことにも作用する。たとえば先月、私のインスタグラムのタイムラインには、ロニ・ホーンの展示「水の中にあなたを見るとき、あなたの中に水を感じる?」の巨大なガラス彫刻と、ウェス・アンダーソン監督『フレンチ・ディスパッチ』のポスター写真がつぎつぎとアップされていた。やっぱりよかった、やっぱり美しかった、などとよく似た感想がならぶ。でも、そうか、みんな行ってるってことは世間じゃそうとう流行ってるんだろう……とはならない。おそらく私が、じぶんと似かよった文化コードをもつ同質な人間だけを、ひたすらながめている結果なのだから。こんなふうに、多くのSNSがそなえているタイムライン、フォロー、ミュートといった機能によって、われわれは見たいものを見ていて、べつの言葉にすると、なんの共感もできない趣味趣向をもつ他者のいとなみから、じゅうぶんな距離をたもつことが可能となったともいえる。

しかし他方で、テクノロジーによるゾーニングが進んだがゆえに、じぶんとかけはなれた価値観のひとや共同体と、ネット上で、もしくは現実で偶然出会ったとき、以前にも増してたがいを奇態な存在として認識するようにもなっていく。そして、たとえばおしゃれなひと――正確には、じぶんがおそらく世間でざっくり「おしゃれ系」とカテゴライズされているであろうと自認しているひとびとは、あのひとはサブカルだから、彼はヤンキーっぽいから、といったぐあいに相手を雑な属名で名指し、反対にオタクと目される者からは、このひとたちおしゃれだから、意識高い系だから、とじゃっかんさげすんだようなラベルが貼られるようになった。

ちなみに私の店は、雑貨屋たるもの多種多様な界隈からなるべくいろんな物を置かねばならぬ、と立ちまわったわりに、オタク系のグッズやドン・キホーテにあるような小間物をどう仕入れていいのかわからないせいでバランスが崩れ、中途半端なかたちでサブカル系やおしゃれ系とみなされる界隈の辺境にとどまってきた。よって、おしゃれなデザイナーの友人からは、ごちゃごちゃしててサブカルっぽいだの、なんかレトロ感があるだのと揶揄され、オタク寄りの知人からは、おしゃれでいづらいだの、意識高すぎだのと小言をいわれつづけてきた。

ともかくインターネットは、どんな分野であろうとも、まじわることもない価値観のクラスターが山ほどあることを可視化した。それにともない雑貨の世界でも「おしゃれ」という領域が担ってきた特権的な地位が相対化されていった。なにより雑誌メディアを舞台に展開されてきた、最先端の雑貨イコールおしゃれな雑貨、という方程式が失われ、雑貨界のヒエラルキーは崩れ去った。それがいかに小さな共同体であったかが露見した瞬間ともいえる。残ったのは、ただただ有象無象の雑貨が漂う、混沌とした荒れ野であった。よって「あなたっておしゃれですよね」という評価が、ともすれば他の価値観のひとびとから揶揄の言葉として投げかけられているかもしれない、という可能性を、おしゃれな当人もいやおうなく意識せざるをえなくなったのだ。これが前述の、おしゃれであることをつきつめればつきつめるほど、当人は「おしゃれ」というレッテルを避けるようになる、という現象の一因ではないだろうか。

＊

さて、ずいぶんまえおきが長くなってしまった。かんじんな特集「デザインのいい仕事部屋」の内容について、まず先まわりしていえば、巻頭のグラフィックデザイナー、平林奈緒美さんのオフィスに張りめぐらされた美意識の徹底ぶりは、他の名うての参加者たちがすっかり霞んで見えるほどに圧巻であった。こだわりの深度がちがいすぎて、ちょっと気の毒な感じさえする。今号で大々的に紹介されているのは、南青山から神宮前に移転したばかりの平林さんの新事務所である。読者はまず、ぱっと見た瞬間、ここがほんとうに日本の職場なのかとおどろかされるだろう。なぜなら、どこにも日本語が存在しないのだから。少なくとも雑誌が切りとった二十数枚の写真には一切ない。かわりに、たとえば表紙のメインデスクの奥にそなえつけられた棚には、資料を整理するための仕切り箱やファイル、アルコール消毒のボトル、小物をいれるプラスチックの箱などが確認できるのだが、そのほとんどに、これでもかとアルファベットがあしらわれている。

新事務所のリフォームは世界的なインテリアデザイナー、片山正通《まさみち》さんに助言をもらいながらも、家具から小間物まで、内装のディテイルにまつわる資材のほとんどは、平林さんじしんが世界中から調達してきたらしい。ものごとに徹頭徹尾こだわるということが一定の閾値を超えると、センスがいいとか、おしゃれだとかいう次元をすりぬけてしまうことを、あらためて教えてくれる。全体は白を基調とした内装で、アクセントにアルミやステンレスの銀、そして黒いリノリウムの床にアメリカからとりよせたハーマンミラーのデスクがならぶ。ミーティング・ルームにはディーター・ラムスがデザインしたヴィツゥ社の大きな棚。ここまでは目の肥えたデザイン好きには想像の範囲内かもしれないが、細部に目をむけると風景は一変する。

　まず、入口のインターフォンは泣くなく国産のメーカー品をオリジナル加工した、これ以上ないくらいミニマルな物をつかっているが、平林さんは世のインターフォンのデザインのひどさを嘆いたあと、ほんとうは爆破にも耐える刑務所用の物がほしかったけれど売ってもらえなかったと語る。刑務所用？　つづいて壁にある電気のスイッチは、すべてスイスのフェラー社の物で、左右にカチカチ動かしてオンとオフを行き来するようなタイプではなく、ＳＦめいた美しい四角形のかたちをしたプッシュ型だ。国外には売れないといわれたが、あらゆる海外人脈とインターネットを駆使して落手したそうだ。おそらく日本でつかっているひとはいない、とのこと。床を這う電源タップもアメリカの医療施設で使用されている物。ここにも、細かな英字が書かれているのが確認できる。なんてことのないシンプルな天井のライトもドイツからわざわざ入手し、トイレとキッチンのタイルは首都高速道路のトンネルで実際つかわれている現行品で、あえて縦に張るのが平林流らしい。トンネル？　どうやったら入手できるのかは不明。またキャプションはなかったが、手洗い石鹸のボトルにもドイツ語らしきウムラウトのついたアルファベットが見えた。そのほかアメリカ製、デンマーク製、スウェーデン製のファイルやバインダー、ドイツ製のコンテナなどがいくつか紹介されている。こうやって見ていくと、平林さんがこだわってこだわって探しまわったあげく、ようやく見つけだした商品のほとんどは日本には入っていない希少な舶来品ばかりである。つまり代理店が存在していないので、おのずと個人輸入することになる。文具など小間物は基本的に箱買いらしく、「気に入ったものは大量に輸入するので、個人消費の量ではない、税関から調査が入った」とのこと。私の店も税務官がやってきたことはあったけど、税関から連絡がくる個人はそうそういないと思う。

平林さんの記事を読み終えたあとも、その余韻をひきずりながら、これじゃまるで立派な雑貨メーカーみたいではないか、と特集ページをぱらぱらめくっていった。そして後半の「仕事部屋を構成するもの」というコーナーにさしかかったあたりでとつぜん、本誌に登場するひとびとの仕事部屋において、意識下で目指されているイメージはあらゆる瀟洒《しょうしゃ》な商空間なのだ、ということがはっきりとわかってきた。スピノザの汎神論《はんしんろん》ならぬ、すべての物に雑貨性が宿っているのだという汎雑貨論を念仏のようにとなえてきた私の言葉でいえば、それはギャラリー、カフェ、ホテルなどもふくんだ潜在的な雑貨屋ということになる。彼らの仕事部屋の写真からマックのモニターとスタッフのすがたを消せば、すぐさま洗練された私生活の風景となり、と同時に、生活必需品を消すと、流行の服屋やコンテンポラリー・ギャラリーと見まごう空間にも転じる。職場、家、店。または生産、生活、売買。この三者の境界線が、これほどあいまいになった時代がかつてあっただろうか。

もちろんリモートワークが広がって、職住の近接から職住一体化へと進もうとも、そこが断じて雑貨屋ではないことぐらいわかっている。彼らにはしっかりした本業があって、家にならんだ雑貨をちまちま売って生計をたてる私のような、しがないあきんどでもない。でもあきらかに、そこで目指されているイメージは商業空間と似たなにかである。検索ひとつでほとんどの物が手に入る販売サイト網、評価経済に満たされたSNS、所有と消費の感覚を消失させるサブスクリプション、買った物すべてが容易に転売できるフリマアプリなど、さまざまな身近なインターネット技術が織りなすデジタル環境のなかで、われわれはちょっとずつちょっとずつ物に対する意識を変え、職場や家に飾った物を、個人的な所有物でありながら商品でもあるような、両者のあいだをゆれ動く新しいかたちの物としてとらえはじめている気がしてならない。特集にでてくる、とあるアクセサリー工房の紹介記事に「ギャラリーと作業場をシームレスにつなぐ」なんていうリード文がついていたけど、まさにギャラリーと職場と私生活の場の線引きが徐々に薄まっていき、シームレスにつながろうとしている。それはとどのつまり、すべての空間が市場化していくということでもあるのだろう。

顔

画家、猪熊弦一郎《いのくまげんいちろう》が八〇年代の終わりに発表した「顔」シリーズの絵。それをプリントしたTシャツの八十個の顔、百六十個の瞳がなにかを見ている。高校の三年間、顔たちは彼が家の外でなにをやっているのかをときどき観察してきた。たとえば、友人たちと行った夜中のクラブでじゃんけんに負けて、とぼとぼと年上の女のひとたちに声をかけに行くすがたを。高校も二年になると千舟町《ちふねまち》にできたノーウェアというセレクトショップで、店員にだまされながらアンダーカバーだのエイプだのといったブランドのTシャツを買わされ、三年生になると三越の一階にあったアニエス・ベーでボーダーのカットソーを緊張の面もちで買うすがたを。そしてちょっとずつ服の趣味が変わっていき、顔のついたTシャツの出番が減らされていくのを。ツタヤでピーター・グリーナウェイや食人族や伊丹十三《いたみじゅうぞう》のVHSをむりしてレンタルして、途中で観飽きて返却するのを。意味もなくひとまえで、あるいはひとりで煙草をふかしたり、お酒を飲んだり、パチンコに行ったりする不安定な彼を、顔たちは見てきた。

あるとき顔は倍の百六十に、瞳は三百二十個に増える。彼の父は一時期あやしげな画商めいた仕事をしていて、クリスチャン・ラッセンやらジャン＝ピエール・カシニョールやら東山魁夷《ひがしやまかいい》やらトーマス・マック・ナイトなんかといっしょに売られていた、猪熊弦一郎の「顔」シリーズのリトグラフをもって帰ってきたのだった。もちろんTシャツとまったくおなじ顔ぶれの絵である。でも彼はあまり喜んでいなかった。たぶん父親に気をつかって、しかたなく自室に飾ったのだろう。胸のまえにいて、ときおり屋外を監視してきた顔たちは、数えきれぬ洗濯で徐々に顔料がはげ落ち視界が霞んでいった。かわりに部屋の壁にかけられ、額縁のガラスに覆われた顔たちが、屋内にいるプライヴェートな彼を黙視しつづけることとなる。大学で上京し部屋を去ってしまうまで。

顔たちは見ている。演奏家としての才能に恵まれなかった彼は、ストーン・ローゼズというバンドのベースラインがどうやってもコピーできず、かわりにグリンデイの「バスケット・ケース」の耳コピを必死でしている。耳たぶを氷で麻痺させながらピアスを開けたり、髪をブリーチしたり、ときおり鏡でじっとじぶんのすがたを見たりしている。ジェーン・バーキンのでていた『ワンダーウォール』という映画を観て以来、部屋の隅にインド風の祭壇をつくって三角香を焚いている。生まれてはじめて女の子の友だちを部屋に呼んだものの、彼の母親がむやみやたらに「輝ちゃん、ポテトチップス食べるか」「輝ちゃん、オレンジジュースもあるで」などといいながら入ってくるので腹を立てている——そんな彼を見ていた。

ほとんどプリントが消えかかったTシャツの顔たちは、上京後はしばらく寝巻きとしてつかわれていたが、その後、あっけなく武蔵野市の焼却炉に運ばれて燃やされ、まっすぐな煙となってのぼっていく。意識は秋の鰯雲《いわしぐも》に消え、言葉をつむぐことはなくなった。絵のなかの顔たちは彼のいなくなった部屋で、これまた魚がいなくなった水槽の濁った水をながめながら半年ほど過ごし、もといた画廊に連れもどされた。その後、隣県のパチンコ屋の社長が所有する、スペイン風のセカンドハウスの壁におさまり、ほとんどつかわれることのない暖炉と白い合皮のソファに埃がつもっていくのをじっと見ていた。

＊

「H　そのナベ撮っていい?／O　ナベ?／H　あ、ナベ、ナベだっけ?　要は、その……。／O　カップかな。／H　カップ!／O　フフフ。／H　どう見てもナベじゃない。／O　フフフフ。おなかすいているんじゃないですか」菊地敦己《あつき》編『物物《ぶつぶつ》』(ブックピーク)

もの心ついたときから家の玄関にあった、パリの暗い路地からモンマルトルのサクレ・クール寺院が見切れている、ユトリロの晩秋の街角。中学校のパズル・クラブでつくって以来、糊で固められたまま部屋の片隅に置かれていたヒロ・ヤマガタの白樺の森。毎朝、姉が立てひざをついて、いやいやピアノ練習をしていた部屋に飾られていた、旋回する黒い線が空を埋めつくしたビュッフェの港町……。どの絵も壁の沁みや天井の木目なんかとおなじレベルで、私の心に焼きついている。だけれど、はじめてちゃんと画家であると意識しながら親しんだひとは猪熊弦一郎ではなかったかと思いいたったのは、つい数年まえことだった。

その夜はどしゃぶりの雨で、私は蔵前の裏通りにある古い木造建築の一角でもよおされた、とある講座に呼ばれていた。会場はひっそりしていて、古い乳白ガラスの傘をかぶった電球がほんのいくつかだけ灯った部屋に、ひとびとがゆっくりと静かに入ってきて着席していく。事前に主催者から「不分明な雑貨と物について話してほしい」というあいまいなお題をだされていた。雨音と観客の声がかすかに響き、どこか秘密結社めいている暗い部屋で、病的なあがり症の私は震える小声でぽつぽつ話をした。でもなにをしゃべったのか、あまりおぼえていない。持参した資料のなかに、無印良品の商品カタログや柳本浩市《やなぎもとこういち》という稀代の雑貨蒐集家の展示チラシなどとともに、猪熊さんの『物物』という本があったのだが、けっきょく聴衆にちゃんと紹介することもなく、最後の質疑応答の時間になった。年配の女性からふいに「お店やってて楽しいですか」と聞かれ、あたまが働かなくなっていた私はてきとうに「あまり楽しくないです」と即答し、へんな空気になったまま会は終わった。もってきた資料をリュックにつめているとき、何人かの参加者が席までやってきて「私も猪熊さん大好きです」とか『物物』もってますよ」とか声をかけてくれた。なかのひとりが「いま読んでるんですよ」といって滝口悠生《ゆうしょう》さんの『死んでいない者』(文藝春秋)をとりだし、私もとっさに「あっ、この絵、着てました。高校のころ、Tシャツで」と答えた。装丁に猪熊弦一郎の「顔」シリーズの絵がつかわれている。ドローイングのようなラフな線で描かれた八十個の顔が、九かける九の升目にならんでいる。

二〇一二年刊行の『物物』は、グラフィックデザイナーである菊地敦己さんが立ちあげたブックピークという版元からでている。その名のとおり、猪熊さんが創作のかたわら集めてきたこまごまとした雑多な物——美術工芸品から雑貨、骨董品からがらくたまで——

を当代きってのスタイリスト、岡尾美代子さんが百点ほど選んで、写真家のホンマタカシさんがうっすら灰と青のトーンをおびた美しい写真におさめた一冊である。そしていまなお見飽きることがない、菊地さんの完璧なブックデザイン。さらに小説家の堀江敏幸さんが巻末にちょっとした文章をよせたりもしている。

アーリーアメリカンと呼ばれる、まだアメリカがイギリスの植民地だった時代の物が多いのだが、ほかにもブリキや鉛でできたおもちゃ、空き瓶、編み籠、人形、石ころ、紙片……そんなわけへだてない物えらびのなかを、一貫した美意識がつらぬいている。その物えらびの感覚はとても不思議なことに、古道具坂田からはじまって、その次の世代の骨董商たちが継いでいった、錆びたヨーロッパのがらくたと桃山時代の陶片を同居させるような、二〇〇〇年代以降の新しい見立ての感覚とみごとにつうじあっていた。買ってすぐは、そのいまとむかしをむすぶ偶然に心踊らせた。猪熊さんが物を見るまなざしと、数々の目利きたちを経由しながら私たちのなかに染みこんでいった、新旧の物を雑貨として感受するまなざしはつながっているのだ、われわれ消費者も彼の眼識にやっと追いついたんだ、などと食いいるようにページをめくったのをおぼえている。しかしのちに、山あいのとある大学図書館で『物物』より三十年ちかくまえにでていた、おなじく猪熊さんの収集物の写真と、それらの物への愛を告白した五十八編のエッセイをおさめた『画家のおもちゃ箱』(文化出版局)という本を見たとき、なにかが小さくはがれ落ちた。

同書には『物物』とおなじ物もたくさん登場するが、どれも単品ではなく、猪熊さんが勝手気ままに棚にならべていたごちゃまぜの状態で写っている。物どうしが、あるときはハーモニーを奏で、あるときは奇妙な不協和を奏でている。エッセイには「ガラスは可愛い生きもの」「青いクレパスの顔」「小物は生きている」「アトリエの中のヒゲのある顔」「ファニチュアは生きている」といったタイトルがならぶ。なんども、物には命がやどっていて、顔と性格がそなわった人間たちとおなじように愛することができるのだ、という物を擬人化した語りがくりかえされていく。その言葉を証拠立てるように、物との出会いの記憶や物語が、藤田嗣治《つぐはる》やチャールズ・イームズといった大切なひとたちとの出会いとおなじトーンで、ことこまかにえがかれている。あとがきは「永い画家の生活をしていると住居の中には、いろいろなものが私達の本当の良き友として、あるものはまるで恋人のように静かに同居している」からはじまり、「この本はある芸術家の顔そのものであり、嬉しい秘密の言葉でもある」という文言で閉じられる。

かように、おなじ作者のおなじコレクションを撮影した『画家のおもちゃ箱』と『物物』は、まったく似て非なる視覚伝達の文法でえがかれている――そのことに気づいてから、あまりにも美しい『物物』の写真のむこうがわに、棺《ひつぎ》のなかの瞑《めい》した者を見ているような、不思議な感覚をおぼえるようになった。時間をかけて集められてきたたくさんの物が、この本のなかでは顔を失い、猪熊さんの創作となんのつながりもない冷たい場所に安置されている。だけど同時に、そうであるがゆえに、私たちは古今東西の物を、まるで雑貨屋で物を値ぶみするように自由な想像力のなかでもてあそぶことができるのだということも知った。

「O　アメちゃんです。／H　南極。／O　ん？／H　南極って書いてありますよ。じゃなかったっけ？／O　あ、サウスポール。／H　ちょっとこのアメちゃん、七五三のアメちゃん的なあれなのかな。／O　うんうん。／H　南極の七五三」

『物物』にも『画家のおもちゃ箱』とおなじように、物撮り写真の対向ページにちょっとした言葉がそえられている。しかし内容は対照的だ。あくまで撮影現場での会話という設定なのだが、どれも猪熊さんの収集物と創作との関連性、収集物がへてきたであろうコンテクストに徹頭徹尾ふれようとしない。この対話文における言葉の軽さは尋常ではない。編集者の菊地敦己さんがかなり強い意思をもって、作家と作家の所有物を切りはなすために軽さを演出したと考えざるをえないくらい。猪熊さんの創作に、不自然なまでに関心をしめさない言葉。深層のコンテンツから物を引きはなし、表層の作用に重心を移していくことを雑貨化だとするならば、これほど雑貨的な会話もないだろう。

でも私は、ここで彼らの言葉の重みについてあれこれ評したいのではない。その逆である。この会話は私じしんの心の動きを、べつのかたちでいいあらわしているのだ。美術家が創作の糧として集めた物を文脈から切りはなして、雑貨のように自由に鑑賞し、その延長に彼の絵画さえも楽しんでみたい、という私の気持ちを。猪熊弦一郎現代美術館も公認の『物物』を、編者はあえて軽い言葉で埋めつくすことでなにをめざしたのか？　言葉の密度を下げて、デザインのもつビジュアル・コミュニケーションの力を高めることで、猪熊さんのアートをどんな場所に連れていこうとしたのだろう？

先にもふれたが『物物』には末尾の五ページに渡り、小説家の堀江敏幸さんが「如何なる眉毛の下に」という短い随筆を寄せている。文末で「画家が遺した『もの』を見つめることは、作品を産み出した世界の源に触れることでもあるのだ」とつづるように、撮影現場での言葉とは打って変わり、猪熊さんと彼が集めた物のあいだに生まれた交歓《こうかん》を、ていねいに、細やかに掬いとった名文である。つまり不分明な雑貨と物について考えさせてくれるヒントが、『物物』『画家のおもちゃ箱』という新旧二冊の本の対比のなかだけじゃなくて、じつは『物物』という一冊の書物における、前後ふたつの言葉のあいだにも埋めこまれている。菊地さんがそこまで見越して本書を編集したのかどうかはともかく、私をふくむ多くの読者、多くの展示鑑賞者が、二〇一〇年代の初頭に物をどんなふうにとらえていたのか、とらえようとしていたのかを考えるうえで、じつに貴重な一冊であることはたしかであろう。

もともと芸術界のヒエラルキー闘争から距離をたもち、だれの目にも親しみやすく、風通しもよかった猪熊さんのアートを——というか、そういう立ち位置に猪熊さんがたまま立っていたがゆえに、もっともっと解放された市場へと連れだされたとする、デザインという力に託された大きな流れがある気がしてならない。たとえば、いまでは古道具屋や雑貨屋に置いてあってもおかしくない物を嬉々として集めていたり、猫や鳥や馬など動物をモチーフにしたかわいい絵をたくさん描いていたり、ジョン・レノンからジョン・ケージまでわけへだてのない交友関係をもっていたり、三越の包装紙や『小説新潮』の装画を手がけるなどアートとデザインの垣根を気がねなくまたいでみたり……そんな彼の気質とも大きく関係しているのだろう。おなじく収集癖のあって親しみやすい作風の柚木沙弥郎《ゆのきさみろう》さんなんかに対する一部の光の当てかたにも、似たようなものを感じてしまう。

＊

私のもとへ『画家のおもちゃ箱』のかわりに松坂慶子の妖艶な写真集をもってきたのは、数年ぶりにひょっこりあらわれた桂《かつら》という五十がらみの男だった。「生きてたんですか」と冗談でいったら、笑顔で「死んでましたよ」とかえしてきた。「ほんとうに死んでました。店主さんはまだ、死んだことないと思うけど」

ひさびさにあらわれた桂さんは、ＤＪホンダの帽子、缶珈琲のノベルティとおぼしきジャンパー、ペンキのついた軍パンを身につけていて、どれもよれよれにくたびれている。桂さんは渋谷の仕出し屋で配達の仕事をしていたのだが、ちょうどその店が駅前の開発によってつぶれたのを知ったころから店に来なくなっていて、最後に目にしたのは店ではなく、たしか夕日のさす三鷹の住宅街を仕出し屋の白いバンで走るすがただった。季節はまだ寒い、春のはじまりで、とっさに手をふったけど桂さんは無視して通り過ぎていき、なぜか後部座席に霞草《かすみそう》をめいっぱい積んでいるのが見えた。今度会ったらそのことを聞こうと思っていたけれど、つぎに店にあらわれたときには、彼は一度死に、ふたたび生きかえったあとだった。

霞草のことをたずねると、まったく記憶にないらしい。かわりに髪の毛の色がぜんぶ霞草のように真っ白になった桂さんは「脳卒中で倒れて、半月ほど意識不明となって、またこっちにもどってきたんですけど、倒れるまえの記憶がところどころないんですよ。この店のことも」といった。

「ぼくも？」

「あなたのことも」

「なんできたんですか？　てか、なんでこれたんですか？」

「思い出したんです、数日まえに。ユーチューブを見ていたら、あなたの顔がでてきて、ってユーチューブにあなたがでてきたんじゃないですよ、死んでからいろいろあって……」

「死んではないでしょう」

「ああ、じゃあ、死にかけて、いや半分だけ死んで……なんていうんだろう、よくいう死んでるじぶんをうえから見る体験もあったし……。退院後は記憶がぬけ落ちてるから、いろいろ精神的にたいへんなことがあって……で、ひとにすすめられたんです。心がおだやかになるっていうふれこみの映像を。そしたらやめられなくなって毎晩見るようになりました。それ見てたら、ぱっとあたまのなかに店主さんが浮かんできたんです。そして松坂慶子の写真集を今度貸します、って約束した日のことを思い出したんです。いやあ、思い出せてほんとによかった」

「いやいや、約束してないし。それぼくじゃない……。というか今度見せる、っていったっきりになってるのは『画家のおもちゃ箱』じゃないですか?」

「だれのおもちゃ箱?」

「まあ、いいっすよ。松坂慶子はお借りするとして……そんなことより、心が落ちつく映像ってなんなんですか?」

黄泉の国に途中まで行って帰ってきた桂さんは、『画家のおもちゃ箱』をふくむいくつかの記憶と髪の毛の色をどこかに置いてきてしまった。そのかわりじゃないけど、なにかと私の店に買い物をしにきてくれるようになり、さらには西友かセブンイレブンで買った異常に賞味期限の長いジャムパンをくれるようになった。どうも私の商いがかなりかたむいていると思いこんでいるらしく「パンだいじょうぶです、じぶんで食べてくださいよ」と何度つきかえしても、ビニール袋いっぱいに買いこんだ菓子パンをもちあげて、子どもをあやすようなへんな抑揚で「だい、じょぶ、だい、じょぶっすよ、いっぱいあるから。あなたはもうちょっと太ったほうがいいから」といって聞かなかった。

ともかく桂さんのおかげで『画家のおもちゃ箱』が日に日に気になるようになっていった。でもすぐに、古書の世界ではそうとうな高値で取引されていることを知る。いったん買うのはあきらめたものの、いろいろ調べていると山奥に建つ古い私大の図書館にあることがわかり、電車とバスを乗りついで閲覧しに行くこととなった。『猪熊弦一郎のおもちゃ箱』(小学館)という『画家のおもちゃ箱』の一部を転載した新刊書が安価にでまわっていることを知ったのは、そのあとだった。

＊

一九九一年、私が小学六年生のとき、香川県丸亀市に彼の名前を冠した立派な現代美術館ができた。出張のついでに立ちよった父がTシャツを買ってきてくれたのだが、当時の私にはサイズがでかすぎたし、こんな子どもみたいな絵、だれでも描けるやろ、と悪態をついて、そのあとの中学三年間は箪笥の奥にほっぽってあった。ビニールの袋に入ったまま死蔵されていたそのTシャツとふたたび出会うのは高校に上がってすぐのころだ。

「お母さん、めっちゃへんな顔の絵の服あるけどなんなん？」

「小学校んとき、お父さんが猪熊さんとこで、こうてきたやつやん。あんた、こんなへたな絵の服いらん、いうてたで」と母はいった。

「たしかに……てかサイズ、いまでもでかいやん。ぜったい小学生むりやのに、なんでこんなん買ってきたんやろ？」

「しらん。なんも、あげるあいてのことなんか、考えてないんやろ」

子どもが描いたような八十個の小さな顔がならんだTシャツを、はじめてひとまえで着たのは高校一年の文化祭準備期間の放課後だった。なぜか文化祭の準備で居残った生徒だけは、いつもの白シャツをぬいで自由な作業服を着てもいいことになっていて、授業がぜんぶ終わると、みんないっせいにお気にいりのTシャツに着がえてから製作をはじめた。よくもわるくもない中途半端な偏差値で輪切りにされた高校で、そのうえ帰りに立ち寄れる場所はタルト工場くらいしかない愛媛の片田舎に軟禁された私たちは、一秒でもはやく学ランやセーラー服をぬぎすてたかった。ちょっとでも個性のだせるTシャツをまとってクラスメイトに自慢したり、ほめあったり、意中のひとの視線を意識したり……どこかの青春ドラマで見たような時間にふれてみたくてしかたなかったのだ。まさにTシャツは、いつもとちがうじぶんを演出するための切実なメディアであった。

ちなみにそのころ私がふだん着ていたTシャツといえば、山口くんだりから瀬戸内海を渡って進出してきたばかりで、当時はださい服屋の代表格であったユニーク・クロージングことユニクロであった。しかも大半は母が買ってきたもので、いま思い出してもろくな物がなかった。バスケットなどほとんどしたことがないのに、なぜかシカゴ・ブルズのトレードマークであるバイソン柄のやつとか、これまた大して好きじゃないのにボストンというスタジアム・ロックバンドのファースト・アルバム『幻想飛行』のジャケットをあしらったやつとか……私と母のチョイスもおかしかったけど、ユニクロのデザイナーの感性もどうかしていたと思う。そういえば、当時のユニクロにはリーバイスの「501」ならぬ「U296」というそうとう安いオリジナルのジーンズがあって、それをはいていた戎《えびす》野《の》という友人はいっときあだ名がユニクロになっていた。「おまえの尻にユー、にー、きゅう、ろくって書いてあるで。ユー、にー、くー、ろー……って、どこで買ったかばれとるやん」というと「しらん。親がかっててに買ってきたんやけん」と弁明した。もちろんいまじゃどこにだしても恥ずかしくない日本を代表するおしゃれなアパレルブランドになったわけだけれど、私が大人になってからも同社のTシャツをほとんど買わないのは、ユニクロほどださい店はない、という三十年ちかくまえの田舎者たちの格言が、タトゥーのように胸にきざまれているせいだろう。もうしわけないとは思うけれど。

そんなこんなで服えらびの選択肢をほとんどもたなかった高校一年生の私は、文化祭の準備がある初日に、ほぼ新品の猪熊さんのTシャツをバッグにほうりこみ登校した。放課後、これでだいじょうぶなのか自信がないまま着がえ、作業場の体育館に行くと、となりのクラスにいた水泳部の女子から「顔、めっちゃあるやんか」と話しかけられた。彼女の言葉をどうとらえたらそうなるのかわからないが、阿呆な私の脳みそは婉曲にほめられたんだとかんちがいして赤面し、ありがとう、と答えた。けっきょく高校卒業まで顔だらけの服を着倒したことをふりかえると、背泳ぎがとてもじょうずだった彼女の言葉も、大きな引き金のひとつになっていたのかもしれない。

＊

眠れない男は今夜もユーチューブを見ている。巨大な滝の映像をながめ、同時にその滝の大きさと比して、やたらに小さい水の音を聞いている。ナイアガラとかイグアスとか、有名どころの滝ではなさそうだった。もしかしたらよくできたCGかもしれない。それが終わると今度は夕闇に沈むコペンハーゲンの街をとらえた空撮映像をクリックする。なめらかに安定したドローンの航路。たぶん数日まえにも見たやつだった。遠くで鳴っているホワイトノイズがちょっとずつ近づいてくる。しばらくすると男は、あのとき上空からおのれじしんを凝視していた幻のような光景のなかにいた。いつもと、おなじように。

脳卒中で倒れ緊急手術を受け、半月ほど意識不明となっているじぶんを見下ろしている。読書灯にだけ照らされた病室のベッドのうえで、目と口を真一文字《まいちもんじ》にとじていた。私はこんなふうに眠るのか。風呂の鏡で顔を見るのさえ、いやだったはずなのに。思ったより小ぎれいに見える。「おつかれさま」と声をかけてみる、というか、かってに口がひらき言葉がでてきた。五十数年のあいだに、もう思い出したくもない裏切りがあった。最後までぎょせなかった野蛮なふるまいや、数々のしっぺがえしがあった……そうか、こうやって走馬灯はまわるのかと思った。聞いていたより、ずいぶんとゆっくりまわっていた。いままでの苦しいできごとを、ぜんぶ、ぜんぶかかえこみ、いまこうして死のうとしている男が眼下にいる。ふと、その顔が、寝苦しい夏の旅館で胸をはだけたまま眠っていた小さな甥っ子とよく似ていることに気づいた。そしてじぶんがまだ子どもだったとき、まったくおなじ旅館の、まったくおなじ部屋の布団ですやすやと眠っていて、その幸せそうな寝顔をまたべつのだれかが上空から見ていた記憶が、はっきりとよみがえってきた。そして涙があふれ、止まらなくなった。

　桂さんはそこまで話すと、しばらくまをあけて「甥っ子なんていないのにね。ぼくには」といった。私はスマホをタップし、もうとっくに閉店時間を過ぎていることを確認したあと、幽体離脱は脳というべつのだれかがくれる最後のご褒美なんだろうか、とぼんやり考えながら、だまって首をゆすっていた。

デザイン、芸術、クリエイティブ

「かつてのデザイナーは、目覚まし時計、店の内装、本の表紙にデザインを施すよう求められていたが、現代のデザイナーは、目の前の疑問をとらえ直し、より広い視点で物事を考えるすべを身に付けている」ティム・ブラウン著／千葉敏生訳『デザイン思考が世界を変える』（早川書房）

雑貨界はさておき、デザイン界がここ数十年でもっとも領地を広げた職域のひとつであることは言をまたない。アップルのマウス開発などで知られる世界的なデザイン・コンサルタント会社、アイディオをひきいるティム・ブラウンが『デザイン思考が世界を変える』の原書を出版したのが二〇〇九年。二〇一九年には、はやくも同書はデザイン史の新たな一ページを切りひらいた名著、という位置づけになっていて、出版十周年を記念したアップデート版がでている。たとえばこの十年のあいだで、われわれの社会における「デザイン」という言葉のもつ意味あいはそうとう変わってしまったといわざるをえない。アップデート版が出版されたのとおなじころ、日本からのアンサーブックともいえる、佐藤可士和《かしわ》『世界が変わる「視点」の見つけ方』(集英社新書)という本がでているが、両書の題字からもにじみでているように、「デザインは世界を変える」という力強いスローガンが響きわたり、さまざまな分野でひとり歩きをはじめた十年間だったのかもしれない。そして私をふくむ蚊帳のそとにいるひとびとのあたまのなかへも、じわじわとそのメッセージが染みこんでいった。

ティム・ブラウンのいうデザイン思考を、千葉敏生氏のあとがきの言葉を参考に一文でまとめると、共感をもってひとびとを観察して、問題を定義することでアイデアを生みだし、プロトタイプをつくって、実世界でテストする、という一連のプロセスをさす。これだけ見ても、ふつうのひとにはデザインとなんの関係があるのかわからないだろう。私も新手のPDCAサイクルみたいだなと思っただけで、まったく理解できなかった。よって最初は、アイディオに必ず冠される「デザインファーム」という形態がなんなのかも不明のまま、ふわふわと最先端のデザイン企業——人間工学やデータ分析などにささえられたシンクタンクのようなものをイメージしながら読んだ。おそらく市井のデザイナーたちのなかには、よくわからないまま、今後デザインという概念がどこまでも広がっていって、最新系のデザイナーは佐藤可士和氏みたくグローバル企業を相手にみごとにたちまわるようになり、いずれ市場の外にある社会の難問だって解決していくのかもしれない、といった淡い希望をいだいたひとも多いんじゃないだろうか。

もちろんデザイナーがデザインするときの思考法をつかって人類の困難を解いてみよう、というデザイン思考は、なにも今世紀に入ってぽっと生まれたわけじゃない。七〇年代ごろからデザイン工学や認知科学など理系寄りの分野で、脈々と議論されつづけてきたものだ。デザイン思考がビジネスに応用できることを証明したメルクマールは、なんといってもデビッド・ケリーによる九一年のアイディオの創設であるが、じっさいにデザイン思考、およびデザイン・シンキングという言葉が広くつかわれはじめるのは、二代め社長にティム・ブラウンが就任した二〇〇〇年代のあたまごろまでまたなくてはならない。

とうぜんその一方には、もっと文系寄りというのか芸術寄りというのか、バウハウスのモホリ=ナジからはじまって、たとえばわが国だと日本グラフィックデザイン協会の初代会長をつとめた亀倉雄策や、武蔵野美術大学の基礎デザイン学科をつくった向井周太郎、アジア全域の図像研究の礎《いしずえ》をきずいた杉浦康平といった第一線のデザイナーや研究者たちが、おのおのの現場でバトンを受けつぎ思索をつむいできたようなデザイン学の流れがある。そんなデザイン学とデザイン思考、ふたつの極のあいだに、フィリップ・スタルクやジャスパー・モリソンや吉岡徳仁《とくじん》をはじめ、ミラノサローネでアーティストさながらの価格でとりひきされるプロダクト・デザイン界のスタープレイヤーたちなどが、きら星のごとくまたたいてきたわけだ。

バウハウス由来のデザインの古層から湧きでてくる人文知をたよりに、それぞれの職場のなかで試行錯誤してきた職人肌のデザイナーたちは、あまりおもてにはでてこないものの巷間《こうかん》にはまだまだひそんでいる。彼らは昨今のデザイン・シンキングのもりあがりをどんなふうに見ているのだろう。「これはデザインをよそおった、なにかの詐術なんじゃないか」というとまどいを感じたとしてもむりはない気がする。これじゃあまるで、ビジュアル・コミュニケーションにいくぶん特化した、新手のMBA的コンサルティング、あるいは広告代理店の一形態じゃないかと。

でもティム・ブラウンは最初から、デザインとデザイン思考はちがう、デザイナーであることと、デザイナーのごとく思考することはべつものなんだと再三くりかえしている。さらには近視眼的なデザイナーじゃなくデザイン・シンキングをたずさえたコンサルタント屋であるからこそ世界を変えられるのだ、という自負が言葉のはしばしから漏れでている。

また広告代理店に関しても、アイディオの日本支社が博報堂から出資を受け、両社が太いつながりをもっていることはよく知られた事実だ。広告屋とつながっているからこそ世界を変えられる、とまでは書いてないけど、著作でも博報堂が環境省とやった「クールビズ・キャンペーン」がいかに大成功したかをふくめ、いろんなプロジェクトを紹介している。とはいえ、彼らがめざしたクールビズが、あの政治家たちが麦わら帽子とアロハシャツを身につけて登院したり、都知事が浴衣を着て、アスファルトに柄杓《ひしゃく》で打ち水したりしてたやつじゃ……ないことを祈るけれど。

かようにデザイン学とデザイン思考のあいだにはいろいろややこしい軋轢《あつれき》があるわけだが、私はむしろ、こう考えてみたい。かつての賢人たちが彫琢してきたデザイン学の理念と新たなデザイン思考は、最初から縁もゆかりもなかったわけじゃなくて、デザイン学から社会や経済にすぐさまは役立てられない哲学、もっとふみこんでいえば資本の流れに逆行しかねない、ややこしい社会思想のぶぶんをていねいにとりのぞいて、極限まで純化させていった結果の思考法なのではないかと。『デザイン思考が世界を変える』は、デザインの考えかたの抽象度と汎用《はんよう》性をどんどん高めていって、なんにでも役立つ道具となった刹那、ピーター・ドラッカー流のマネジメントとみごとまじりあって、近年まれにみる第一級のビジネス書になったんだと思う。なにより、P&G、ビル・ゲイツ財団、バンク・オブ・アメリカ、リッツ・カールトン、インテル、ノキア、ヒューレット・パッカード、アメリカ合衆国エネルギー省……彼がしめすおびただしい成功例の奔流《ほんりゅう》には、もはやだれにも有無をいわさぬ勢いがある。かくしてデザイン思考は、ありとあらゆるものに応用できる。もうけのためにも、ひとをあざむくためにも。企業の商品開発にも、軍隊のマネジメントにも。なんなら売れない雑貨屋が店をたたむ決心にも役立つ。そしてもちろん、世界を救うためにだって。

このデザインの汎用性の爆発的な広がりから、私はインターネット以降、さまざまな物が断片化していった動きを想起せずにはいられない。この二十年間で、物はそれぞれ属していた古い文脈からいっきに解放されていった。物の抽象度はどこまでも上がっていき、入れかえ可能で、組みあわせ自由、ウェブに最適化した細かくてばらばらな商材となった。そして最終的には異常なまでの流通速度を獲得するにいたる。デザインはデザイン思考となり、物は雑貨になった。やはり私にはこれが無関係だとは思えない。

いま最先端のデザイナーたちはつぎつぎと、人間中心設計にもとづく正しいデザイン思考で、グローバル企業がかかえる課題を解決し、不備だらけの市場を人類の進むべき方向へとむけて内がわからアップデートしはじめている。彼らはその原理的にマーケティングと一体化せざるをえないようなやりかたでもって、マーケットの外部にある社会問題にもタッチし、まさに世界を変えつつある。『デザイン思考が世界を変える』をなんども読んでいると、なんだかフィリップ・スタルクが世界の檜舞台でやってきた数々の偉業さえも、ずいぶん小さなものに感じてしまう。そしてもう、経済の暴走やテクノロジーの無秩序な進歩をとめる手段をもたぬ私たちに残された道は、ティム・ブラウンのいうとおり、全人類をデザイン思考家に変える以外ないのではないかという気さえしてくる。

さて、デザインもへったくれもない物に押しつぶされそうな雑貨屋の店主は、いったん下界におりねばなるまい。天界からのぞくだけじゃなくて、じぶんの店が建っている、社会のずいぶん低い場所からも見上げてみないかぎり、有名無名、老いも若きも住まう清濁《せいだく》併呑《へいどん》した、ほんとうのデザイン界を知ったことにはならないはずだから。デザインの天上界で日夜、世界を救うべくくりひろげられている大きなうねりは、いったい私のいる下界にどんな影響をあたえているのか。

＊

店をやってると毎日いろんなひとがやってきて、名刺をくれたりSNSのアカウント名を教えてくれたりする。世のなかにはじつにいろんな肩書きのひとがいて、あるときそれらをぜんぶ書きだして分類整理してみたのだが、私の店のまわりに限定していえば、もっとも多い職種はデザイナーであることがわかった。ついでアーティスト系。アーティスト系で多いのはイラストレーターで、デザイナーほどじゃないけれど、すごい勢いで増えている。一方、画家というアイデンティティのひとはずいぶん減ってきた気がする。あとは陶芸家とか家具職人とか、なんか物をつくりだしているひとたち。いまはそんなデザイナーからアーティストまでをひっくるめた便利な呼称がある。そう、クリエイター。

この言葉がインターネットにのっかって爆発的に広がり、市民権をえていったのと時をおなじくして、認定ルールのほうも自己申告制に変わっていった。いまではクリエイトするひとびとの増加に歯止めが効かなくなっていて、じぶんもふくめ、社会に自称クリエイターがこんなにいてもいいのだろうか、ってくらいいる。デザイナーもアーティストもキュレーターも編集者もエッセイストも建築家も研究者もハッカーも占い師も料理人も……みんなクリエイター。プロでもアマチュアでもいい、となると、もうクリエイター界の門戸は、万人に常時開きっぱなしということなんだろう。近年、こんな度量のある言葉にはなかなかお目にかかれない。

さきほど書いたように、私の身のまわりにかぎっていえば、クリエイター界の最大派閥はデザイナーである。なかでも、いわゆる本の装丁家やら工業デザイナーやらお菓子のパッケージ・デザイナーやらウェブ・デザイナーといった、なにをつくっているのか想像しやすい従来型のデザイナーがやはり多い。かつては平面デザインなのか立体デザインなのか、という基本の腑分けがあったけど、テクノロジーの発達によって横断的にいろんなソフトをいじれる器用なひとも増えて、現在はだいぶあやふやになってきているみたいだ。

むかしは縁の下の力持ちであることを美徳とする職人かたぎのひとがもうちょっといた気がするけど、最近出会うデザイナーは、どちらかというとアーティスト然とした個性的な作風をかかげて、生き残りをかけたレースを戦っているように見える。プレイヤーたちの数が増えすぎたせいで、なんてことのない、鯣《するめ》的なデザインを計算ずくでつくっていたら埋もれてしまうからかもしれないが、一番の原因は、クリエイター化した社会と関係しているはずだ。つまり社会のがわこそが、デザイナーの仕事に適度に抑制されたアーティスト的な美をもとめつづけてきたのだと思う。もちろん、まちがってもクライアントの価値観をぶっ壊したりブランドを毀損《きそん》してはならない。でもちょっとだけ企業イメージを更新してくれるような、オブラートにつつんだかたちでのほどよい芸術行為が要求される。このデザインとアートの交わりかたは、イラストレーターと画家のあいだでも反復されてきた古典的な問題であろう。

さてそんなデザイン界は、いわゆるオールドスクールなデザイナーたちの領土とはべつに、創作方面へと広がっていく広大な土地ももっている。すべてのデザイナーの始祖ともいえるウィリアム・モリス直系のテキスタイル・デザイナーたちからはじまって、ファッション・デザイナー、空間デザイナー、フラワー・デザイナー、照明デザイナー……とどこまでもつづく。その荒野をずんずん歩いているうちに、いつしかデザインとアートの境界は不明瞭になっていく。アクセサリー・デザイナーとアクセサリー・アーティストをいちいち腑分けしているひとを私は知らない。デザインという言葉の全体像がふわふわしてくるのはこのあたりからだ。

もらった名刺や知りあいのSNS上の肩書きなどを、さらに精査してみると、いまや一部のデザイナーは目に見えないものをデザインしはじめていることがわかる。コミュニティ・デザイナー、ライフスタイル・デザイナー、ソーシャル・デザイナー、ワークライフバランス・デザイナー……平面か立体か、具象か抽象かという問いを超え、論理的な設計――ある種の合理的な思考にもとづいて、かたちを整えていくような、あるいは、かたちのないものにかたちをあたえていくようないとなみを、すべてデザインと呼ぶような流れは年々加速している。そう呼び変えることで、どんなちがいが生まれるのだろう。

問題解決をソリューション、ひととひとが通じ合うことをコミュニケーション、ものごとにとりくむ動機をモチベーションといったぐあいに、呼びかたを外来語に変えるだけで、なにがしかの深遠で抽象的な意味が海のむこうから付与されてきた、この島国特有の言語感覚だけの問題なのか。ハンドルネーム欄に宣伝文句をつらつら書くひととおなじように、職業名や肩書きさえも、すでに広告みたいなものになったのだろうか。ともあれここ何十年かのあいだに、デザインという概念が他の肩書きとくらべても特筆すべき勢いで広がっていることだけは、疑いようもない事実である。

デザインの拡大解釈はとどまることを知らない。ネットを探せば、ボディメイク・デザイナー、メンタルヘルス・デザイナー、スピリチュアル・デザイナー……といった、もっともっと自由な開拓者たちの存在を知ることができる。そういえば先日、知人からナラティブ・デザイナーなるひとがいると聞いた。まさか文筆家もついにデザイン界に編入されたのか、と思って大いそぎでウェブで調べてみると、どうやら物書きではなく、じゃっかん呼称を変えながらも、ゲーム業界から雑貨業界、あげくは介護や建築の世界まで、いろんな場所でナラティブというキーワードをかかげて活躍しているひとたちがいることがわかった。

なるほど、きっといわゆるストーリー消費に付随する、商品を売るための物語をひねりだす阿漕《あこぎ》な担当者なんだろう、と思って見ていくと、これまたちがうらしく、「ストーリー型からナラティブ型のマーケティングへ」とか「デザイン思考からナラティブ・デザインへ」とか、いろんな記事がでてきた。でも、それらにデザイン思考の伝道者たるティム・ブラウンをのりこえる知見はほとんどなく、むしろ『デザイン思考が世界を変える』の教えはこうやって希釈され受けつがれていくのか、という勉強になった。彼らのいいぶんを想像をふくらまして理解するならば、こういうことになるだろうか。未来の企業は、みずから考えだした物語を一方向的に消費者へ売るんじゃなくて、従業員や顧客や地域住民などをふくむ周辺のコミュニティと対話しながら、より自由な物語をつむいでいくことが商売の必須条件になる……とかなんとか文字を打ってるうちに、あたまのなかが真っ白になってくる。

かわりに私が大学生だったころ、となりにあった社会学部棟の友人たちにまぎれて、鷲《わし》田清一《だきよかず》さんの『聴くことの力』（TBSブリタニカ）を熱心に読んだ記憶が浮かびあがってきた。聴くことと語ることの切実さを知り、そこから派生して、アメリカの若き社会構成主義者たちが編んだ『ナラティヴ・セラピー』（金剛出版）なる本にも出会った。とくに精神科のおせわになったわけじゃないのに、モラトリアムだった私は、できるだけひととひとが対等にむきあい自己物語を交換しあうこと、これこそが医療の現場のみならず、社会の治癒のかたちとしてもとめられているのではないか、とひとりささやかな希望を温めていたような気がする。そんな夢見がちな人間からすれば、ずいぶん「ナラティブ」という言葉も軽くなったもんだと思わずにはいられない。もし仮に、なんとなくリベラルで利他的な感覚の新たな売買行為を、ナラティブと名づけ、その雰囲気をどうかもしだすのかを設計するのがデザイナーの仕事なんだとしたら……もはや私にデザインの総体をとらえることはできそうにない。いまティム・ブラウンからはじめて、幾多のデザインの森を経由してナラティブ・デザインにたどりつく。デザインとはなにか。いままで私がデザインだと信じてきたものは、いったいなんだったんだろう。

もうお気づきかもしれないが、そんな世のデザイン化と雑貨化は平行した現象だと私は考えている。七〇年代以降に拡散されたデザインと、野火のごとく広がっていった雑貨は、おなじ大河で運ばれる双生児だった。インターネット以前の雑貨化を仮に前期雑貨化と名づけるとして、それとデザインが拡大解釈されていく流れは、にょじつにつながっている。雑貨を生みだすために、たんなる道具だった物をおしゃれに、かわいく、かっこよく、和風に、洋風に……なんだかんだとバージョンアップさせたのは、まぎれもなく雑貨メーカーと手をとりあうデザイナーたちだったという意味でも、雑貨とデザインには共闘関係があって、だからこそ両者の領土拡大は水面下でつながっていたのだと思う。

また、あきらかにそれまでとは様相のことなった、インターネット以降の後期雑貨化と、「クリエイター」というがらんどうな格納庫のごとき言葉が流布して、デザインもアートもプロもアマもいっしょくたになっていく過程も、偶然とは思えないくらいうまく符合している。後期雑貨時代とは、たとえばアマゾンが仮想の同一フォーマット上で、あらゆる物を自由に販売できるように、まさに人知を超えたテクノロジーの力によって物を並列にならべなおしていったシステムと、それに順応したひとびとの感性によって突き動かされている。生まれたばかりのｅコマース環境に引っぱられるかたちで、ひとりひとりの脳内ではすべての物を、もっともっと断片化した交換可能性の高い商品としてとらえる感覚がめばえていく。私はそれらの物を、仮に「雑貨」と呼んできたわけだが、われわれはまるで巨大なオセロゲームの石のように、ネット時代に最適化した消費者へ、くるっと反転していったのだ。そして従来の物が、ぜんぶ断片化した商品に上書きされてしまえば、私もそれをいちいち「雑貨」と名指す必要はなくなる。かくして『雑貨の終わり』がやってくるわけだが、そのこととデザイナーやアーティストという言葉がインフレーションを起こし、混じりあった果てに、彼ら全員を「クリエイター」という同一フォーマットでとらえていった流れは、無関係ではないと思っている。つまり雑貨とクリエイターというふたつの言葉は、おなじ仮想の時空で、われらを新たな消費へといざなうために語義を押し広げつづけてきた、という一点において遠くむすびついているのだ。

*

「芸術家とデザイナーの第一の違いは、前者は自分自身とエリートのために主観的な方法で作業し、後者は全共同体のために、実用と美観という観点でより良い製品を作ろうと、グループで作業するということである」ブルーノ・ムナーリ著／萱《かや》野《の》有《ゆう》美《み》訳『芸術家とデザ

イナー』(みすず書房)

そろそろデザインの定義でもしめして本稿を終えたいところだが、残念ながら、そんな便利なものはない。雑貨にかっちりした定義がないのとおなじように、拡張しつづけるデザインをとらえうる定義は存在しない。むしろないがゆえに、一部の熱意ある者たちが、めざすべき倫理としてデザインを事後的に再定義し、いくどとなくデザイン史をつむいできたというべきであろう。「芸術家の夢は美術館にたどり着くことであるが、デザイナーの夢は市内のスーパーにたどり着くことである」といいはなったのは、イタリア・デザイン界のもっとも偉大な精神的支柱であるブルーノ・ムナーリだ。その金言《きんげん》をふくむ『芸術家とデザイナー』という本がものされたのは一九七〇年代のあたまで、ちょうどウィリアム・モリスがモリス商会を立ちあげてから百年が経ち、まさにだれの目からもデザイン界のぜんたいを見渡すことが困難になりつつあった時期だった。市場がゆっくりと、でも着実に惑星の地表を覆いつくしていくなかで、芸術界とデザイン界の汽水域にも大きな変化がおとずれようとしていた。

美術の世界がたもってきた枠組みが、ほうぼうで瓦解しはじめていた。美の基準はめまぐるしくゆれ動き、アート・ゲームのプレイヤーも観客も、売り手も買い手も変わりつつあった。作品の売買とりひきの多くが、金持ちたちの投機目的であることもあきらかになっていく。その崩れつつある壁のすきまからデザインが入りこみ、アートも外に漏れでてくるようになった。つまりアーティストのデザイナー化がはじまり、デザイナーのアーティスト化がはじまった時代でもあった。であるがゆえにムナーリは本書をしたため、デザインを見くだしたアーティストたちがわけのわからない家具をデザインしたり、本来の仕事を忘れたデザイナーたちが、しょうもない自己表現にとりつかれたりしていく状況を憂えたのだった。彼にいわせれば両者は本来、水と油ほどちがういとなみなのだが、資本の濁流のなかでぐちゃぐちゃに混ぜあわされ、つぎつぎとふたつを混同した中途半端な連中が湧きだしてきたのだった。そんな現状を、ウィットに富んだ言葉をつかいながらも、そうとう手きびしく批判していく。そして結果的に、同書ではムナーリの考える理想のデザイナー像がくっきり浮き彫りになってしまう。

氏いわく、デザインは芸術家のような主観的な美をめざさない。そして、あらゆる自然物のように、フォルムと機能における一貫性から生まれる美しさをさぐる。大衆をむげにせず、つかいやすくて手に入りやすい素材で、なるべく安価な美観をめざすべし。このムナーリがなんども強調する美観とは、主観的な美でなく、自然界に存在するような客観的な美しさをさしている。デザインは壊れにくく、便利な物をめざさなくてはならない。芸術家のようにエリートにおもねることなく、貧しいひとを救ったり、無理解な大衆を啓蒙したりするような利他的で正しい方向へ進むべし……などなど。

ついでながら、このデザインが美観を追いもとめる根っこの欲望——フラクタル構造でつくられた一枚の葉っぱのもつ美しさへ、徹底的に人工的な思考プロセスをたどって接岸すること——に、いま現在の私たちをとりかこむデジタル・ネイチャーへと邁進せざるをえない人間の性《さが》を見いだすこともできるだろう。また、上記のデザインの定義がもっていたあらゆる意味での正しさが、現在のポリティカル・コレクトネスの感覚と親和性が高く、その翳《かげ》りのないイメージこそが、のちのちデザイン思考が世界じゅうに広がっていくときの推進力となったんじゃないか、という想像も可能かもしれない。

ムナーリをよく知るひとならば、ここでひとつの疑問がわいてくるはずだ。彼こそが、芸術家とデザイナーの二足の草鞋《わらじ》でやってきた一番の張本人じゃなかったのかと。交友のあった瀧口修造にも「かれは画家であり、彫刻家であり、グラフィック・デザイナーでもあって、そしてどれの枠にもはまらない存在」といわしめている。そうなのだ、『芸術家とデザイナー』はデザインという概念が大きく変わりつつあった時代を生きる、ムナーリじしんの葛藤の書でもあるのだ。だからよくよく読んでみると、ムナーリはデザイナーがアーティスト化していくことを、すべてネガティブに考えているわけではないことがわかる。むしろ六六年にだした『芸術としてのデザイン』（ダヴィド社）などでは、デザインこそが社会にひらかれた新しい芸術なのだととらえている。つまりデザインを低く見たようなアーティストのデザイナー化はもってのほかだが、市場にまみれつつある芸術界を尻目に、「全共同体のために、実用と美観という観点でより良い製品を作ろうと」する真のデザイナーたちを擁護して、にせの芸術家を追いはらい、真の芸術家たちときっちり対置させようとしていたのだ。

ちなみに当時のこの手の本の定石《じょうせき》として、ディズニーランドをことあるごとに腐していておもしろい。ちょうど出版年はディズニーランドの完成形ともいうべきウォルト・ディズニー・ワールド・リゾートがフロリダに正式オープンした年であり、ある意味では世界の幻想消費のメモリが、かちっと一段階あがった年でもあった。そんななかでムナーリはまるでなにかにせかされるように、いそぎ足で、真の芸術家と真のデザイナーというものを考えぬこうとしている。いま考えておかないと、もう手おくれかもしれない、これが最後のチャンスかもしれない、というあせりもあったのかもしれない。

その懸念は、ある点ではまちがってはいなかった。現に半世紀後のわれわれはもうデザインとアートがきれいにわけられるなんて夢想をいだかなくなったのだから。私が店をはじめた二〇〇五年、アメリカで国際芸術祭「アートバーゼル・マイアミ」とデザインの祭典「デザイン・マイアミ」の同時開催がはじまったのだが、それはいまから考えるとじつに象徴的なできごとだったのかもしれない。両者はかつてなく接近している。

フロリダのアート・フェアにつどう、ハイカルチャーをつねに仰ぎ見ているようなひとびとから、ずいぶん遠くにへだてられた雑貨の世界でも、ほとんど時をおなじくしてデザインとアートは乳化したドレッシングのごとく混じりあっていった。そしてなんどもいうように、それぞれのつくり手はみな「クリエイター」という言葉でひとつにむすびついてしまった。いまではアート的な能力とデザイン的な能力は、ひとりの人間のなかに同居していて、クリエイターたちがものを創りだすうえで必要なひとつのパラメータとしてとらえられている。

デザインとアートの融合。それはバウハウスが追いかけた原初の夢に似ている。たしかに創始者のヴァルター・グロピウスはバウハウス宣言のなかで、工芸家と芸術家のあいだに築かれた階級の壁を壊すために、工芸家のギルドをつくることを呼びかけた。でもいまある状況が、往時のデザイナーたちがもとめた未来かといえば、断じて似て非なるものだと答えざるをえない。なぜなら彼らがこだわったアーティストか職人か、あるいは機械か手仕事かという対立の超克《ちょうこく》は、資本を半分受けいれながら、かつ資本と徹底抗戦するというアクロバティックな、でもかけねなしの社会運動だったのだから。

時は過ぎ、ついにはクリエイティブという言葉が、イノベーティブとおなじような、人間の経済的な有能さをはかる尺度となった。クリエイティブでさえあれば、アーティストでもデザイナーでもコンサルタントでも広告代理店でも肩書きなんてなんだっていいじゃないか、みんなおなじクリエイターなんだから、というコンセンサスが社会に広がっていく。そして気づけば、私の頭上はデザイン思考の雲にすっぽりおおわれていた。いまでは書店にデザイン・シンキングのみならず、アート・シンキング、クリエイティブ・シンキングといったジャンルの本が山のようにならんでいる。彼らは口々にいう。この思考法さえマスターすれば、あなたも目のまえの現実を明日から変えることができる、と。たぶん

『デザイン思考が世界を変える』が世界じゅうに読者を獲得できたのは、最新系のビジネス本でありながら、第一級の自己啓発本でもあったからだろう。

ティム・ブラウンは同書の最終章でこんなふうにしるす。「今、私たちは史上最大の難問に直面している。そう、デザインをデザインし直すという難問に」。その号令とともに、すべてのものごと——宇宙からゲノム、ひとの誕生から死、民主主義から資本主義まで——を再デザインする未来を、矢つぎばやにスケッチしていく。もはや疑う余地のない希望の言葉を、私は必死で追いかける。このままいけば、われわれがみなデザイン思考家となる日も、そう遠くはないだろうと思いながら。

おむかえのあとさき

物を「買った」といわず「おむかえした」と表現するのをはじめて耳にしたのは、大学をでてからしばらくして就職した印刷所で、となりの席になったHというオタクの先輩からであった。ある朝、男は「女神さま、ようやくおむかえできました」といって、リュックから濡れた水着をまとう淑女のフィギュアをとりだし、眉間にしわをよせながら奥行きのあるモニターのうえに注意深く立たせたのだった。

そのころの私は、中野坂上のひなびた印刷屋で毎晩一時まで働きつづける日々のなかで、疲れにかまけた不義理を重ね、つぎつぎと学友たちとの縁も切れていった。かわりに週末の休みがくると、だれの目にもとまらなくなった亡者のように、ひとり小さなマイクをさしたMDウォークマンをたずさえ近郊を迷い歩くことが増えた。その奇行のきっかけは、当時、初来日をはたしたばかりのリュック・フェラーリという、フランスの老音楽家に心をうばわれたせいなのだが、土日はかならずマイク片手に都内の徘徊をつづけ、手近な環境音や話し声を、なにかにとり憑かれたように録音してまわった。耳をすまし、ひとびとのいとなみのかけらをマイクで拾いあつめることで、印刷屋の輪転機の響きに震える小部屋で十数時間もモニターをながめては、タクシーで家に運ばれて眠るだけの毎日によって削りとられた社会の感触を、ほんの少しでもとりもどそうともがいていたのかもしれない。

Hが濡れた女神をとりだした日から二十年ちかくが経ち、雑貨屋をやるようになった私の身のまわりでも「買った」という言葉を迂回し、「おむかえした」「連れて帰った」などといいあらわすことが多くなった。人形やぬいぐるみならばいざしらず、あるときから血のかよわぬさまざまな商品が擬人化され、ときに「あの子」「この子」と呼びならわされていく。複数ともなればそれに「たち」という接尾語がつく。器たち、本たち、お菓子たち……。かくいう私も、気づくと物に「たち」をくっつけて語っている。まるで四半世紀以上、国民をあげて、なにを見ても「かわいい」と連呼しすぎたせいで、かわいいすべての有機物と、かわいいすべての無機物のさかいめが溶けだしてしまったかのように。

一方、店側もお客に「売った」とはいわず、ときおり「お嫁にいった」「旅立った」というジャーゴンをもちいる。なかにはお金を介したやりとりに「おすそわけ」という言葉をつかう者もいる。でもそれによって買い手がだまされ、売り手がだましている、ということではまったくない。両者は共同の夢をはぐくんでいると考えるべきだろう。独特な文体を駆使しながら、たがいは今宵も「クレイユ・エ・モントローのオーバル型の子を家におむかえしましたー」「少量入荷しておすそわけしたジャムとクッキーたちは、みなぶじに旅立ちましたー」と、SNS上でコール・アンド・レスポンスをくりかえしている。尊敬語と謙譲語がいりまじった、あまりにていねいな言葉づかい、商品をくるむ、かわいい生命のアナロジー、まるで金銭の受け渡しなんて存在しなかったかのような交歓の物語……。そこには売買行為の忌避がある。われわれはだれかに消費させられているのではない、じぶんたちの意志で自由に心をかよわせているだけなんだ、という切なる願いがある。

この不思議な雑貨界の慣わしも時間をさかのぼっていけば、Hのフィギュアを思い出すまでもなく、何十年もまえにオタクたちが先陣をきって歩んできた、おなじ道すじの一部であることがわかる。つくり手と売り手と買い手の垣根が混濁したオタク界の光景は、いまやっと私のよく知る界隈にまで広がりつつある。クリエイターや手づくり作家などと呼ばれる供給者が、何万人も集う巨大な通販サイトや、Tシャツやスマホケースをはじめとしたオリジナルアイテムを、だれでも瞬時に作製し販売できるインターネット・サービスがしのぎをけずる状況は、そのなにによりのあかしとなるだろう。もちろん各種システムの裏がわには、物がそれぞれもっていた固有の文脈や物語を切りはなし、ばらばらの断片にすることで流通速度を上げ、一秒でも速く、一個でも多くの品を売り買いさせるという鉄の掟が働いている。こうしてこまぎれになった雑貨は自由にくみあわされ、あらたな消費の物語をつむぎだしていく。まるで買い物をするたびに大切な家族の一員が増えるかのような「おむかえ」の佳話《かわ》も、そのひとつのバリエーションと考えるべきなのかもしれない。

たしか小学校のころの教科書に、これからは物ではなく心の時代なのです、とあったけれど、三十年後の私がたどりついた未来において、世界をまきこんだ大きな資本のうねりは物と心、つまり物を消費することと心を交流させることのちがいを、もはやだれも腑分けできないほどに混ぜあわせてしまった。きっとその先には、消費していることを感じさせないような消費に囲われた将来が待っているはずだ。ストリーミングサービスで音楽を聴いているとき、ひとはもうそれを買い物だと意識できないように、これからは金品の授受が周到に隠されたシステムのなかで心の交わりを楽しむのだ。そんな共同幻想の大きな流れに私も夜ごと運ばれていく。就職したてのあのころのように、社会と私を橋渡ししてくれるマイクやMDはもうないけれど、いまも店の一隅で、物を買うことと生きることが凝着していくわれわれの声に、耳をすましている。

橋を渡る

急に夕闇のように橋のうえは暗くなった。秋祭りを知らせるたくさんの提灯《ちょうちん》の光が、ぼわっと濃い橙《だいだい》色に変わる、と同時に、さっきまでじつは提灯はすべて消えていて、いまいっせいに光がともったようにも思われてきて、時の前後がわからなくなった。河にまたがる大きな石畳の表面を、ひんやりとした風が流れだす。遠くで雷鳴がとどろき、数十秒後に雨が降りはじめた。おろしたての長そでシャツだけでは肌寒くなり、リュックからもう一枚、赤いタータンチェックの長そでシャツをとりだして羽織る。首もとに四つの襟が集まっていてへんだけど、旅先で知りあいもいないし、まあいいだろう。気づくと、さっきまで橋のうえを行き交っていた観光客たちはほとんどすがたを消していた。宿にチェックインしたときに借りた蝙蝠《こうもり》傘をさして橋のまんなかまでくると、小さな机をだした卜者《ぼくしゃ》らしき老人が、灯篭つきの大きな欄干がつくる夜みたいに濃い影のなかで、椅子に座ったまま動かなくなっていた。葉書の半分くらいの大きさの和紙がならんでいて、それぞれ墨でなにか線画が描かれている。突っ立ったまま右手にピッチャーを、左手に尿瓶《しびん》のような物をもった髑髏《どくろ》人間が目に入った。また片ひじをついて上半身をちょっと起こしながら横たわる髑髏もいた。のちにYは、この涅槃のポーズをとった優雅な骸骨とローマのディオクレティアヌス浴場跡の美術館で出会うことになるわけだが、キャプションにはたしか英語で、紀元前につくられたモザイク画だと書いてあった。そんな髑髏だらけの十枚ほどの奇妙なカードに、冷たい雨粒が落ちてきては、水の玉にぼんぼりの灯りが映りこんでいくのがわかった。そしてYはなぜか高齢の男が目が見えないのかもしれないと思いこみ、とっさに傘を頭上に広げ「だいじょうぶですか?」と声をかけてしまう。

「だいじな札が濡れてしまうところだった……ありがとう」

「傘あります?」

「家に忘れてきたよ……お姉さん、占っていきたいのか?」

「いやいやいや、雷、すごい光ってますし。どっか屋根のあるところまで送りますよ」

「そうか、今日は店じまいか。じゃあ、自転車止めさせてもらってる喫茶店まで、いっしょ行ってもらおうかね。悪いね」

独特なイントネーションのせいなのか、歯があまりないせいなのか、ところどころ言葉が聞きとりづらい老人は、慣れた手つきで机と椅子を折りたたんで柿渋色の頭陀袋《ずだぶくろ》にいれ、首からかけた。提灯の光がにじむ濡れた石橋をむこう岸まで渡って、せまい通りを何本かおれる。老人につれられたYは、予約したホテルとは駅をはさんで逆がわにある暗い旧市街をしばらく歩き、風むきや雨足と呼応するように、なつかしい海の匂いがあらわれたり消えたりするのを鼻で追いかけた。ふいに老人が「ちょっとお茶でも。お礼に」といって一軒の喫茶店のまえで止まった。看板に電気はついていない。

「けっこうです。占いは苦手なんです」

「占うなんていってないでしょう。お茶ごちそうしたいだけだから」といってかってになかへ入っていく。その店は裏通りにある煉瓦づくりの雑居ビルの一階で、当時売りだされたばかりの人工芝のうえに、彼のとおぼしき黒い自転車があった。薄暗い室内は雨宿りの客で少し混みあっている。ビクトリアン様式のアームチェアとテーブルがいくつかあって、店のまんなかに時間が止まったままの小さな噴水と、ブロンズでできたミニチュアの彫刻が立っていた。

その裸体像の記憶が鮮明によみがえってきたのは四十年以上経った去年の冬で、Yは山中湖の湖畔に再構成された三島由紀夫邸の庭を歩いていた。旅につきそってくれている介護施設の女性は、遠くで落葉や木の実をひろっている。そしてYは寒々しく枯れた木々にかこまれながら立つ、大理石のアポロン像のまえから動けなくなった。なぜなら色と大きさはちがえど、あのじぶんの人生の意味をすっかり変えてしまった旅先の喫茶店に、ひとり突っ立っていた彫像とポーズも顔つきもそっくりだったからである。その空虚な庭の男の足もとには、西洋占星術なんかでつかう黄道《こうどう》十二星座の絵がらの敷石がとりまいていた。他方で、あの喫茶店の像のまわりには乾いた水盤があるだけであった。ただかわりに、紺地に黄色い糸で星座を縫った手づくりのコースターが各テーブルにあって……いや、コースターではなくクッションカバーだったたか。Ｙはそのどうでもいいような、星占いのモチーフにまつわる偶然について、色のぬけた芝生のうえでしばらく考えこんでいた。

「いま、こいつは占い師なのに天気もわからなかったのか、と思っていただろう……」

「いえいえまさか」

「占いを恐れるひとは、占い好きのだれよりもそれを信じている、とな」

「ただ悪いことをいわれるのが、いやなだけなんです」

「だったら、いいことだけしかいわないルールで、お遊びみたいなやつ、ひとつやってみようか」

「けっこうです」

「一枚引くだけ。もちろんただで」

給仕がバナナジュースとビールを運んでくる。どちらも老人がじぶんのためにたのんだ物だった。きびすをかえそうとした給仕をとなりの客が呼びとめ、曲目を書いた紙を渡した。その日、Yは結局カードを引いてしまう。まさか、のちの人生の多くの時間を、そのカードの意味を考えることにささげるなんて露ほども知らず。雨に降られた客が入ってきて、ドアの鐘が二度鳴った。Yの珈琲が席にとどく。老人はフラミンゴのように、ふたつの冷たい飲み物へかわるがわる口をつけている。レコードが変わり、店の床底から「牧神の午後への前奏曲」のフルートが漂いはじめる。カードが静かにめくられる。つかいこまれて角がまるくなってきた和紙には、橋上で見た骨人間ではなく餓鬼というのかゴブリンというのか、薄皮一枚にだけ覆われたがりがりの生きものが墨でえがかれていた。大津絵風の白い眉毛もはえていて、ちょっとかわいい。目のまえの奇妙なおじいさんに似ていなくもなかった。なにか判読できない文字がカードの下のほうに書いてある。つぶらな瞳の小鬼は手に松明《たいまつ》をもっていて、ベッドに火をちかづけていた。火を放とうとしているのか、布団を照らしだして、なにか大切なものを探しているのか……。

「ぜったい悪いやつじゃないですか、これ」

「すべてに、ぜったいなんてことはなくて、いいことも、悪いこともある。易でもタロットでも陰陽でも……みんな、そうなっておっただろう？」

「占いしたことないので……」

「ものごとを深く占って煮詰めていけば、いずれいいことも、悪いことも打ち消しあう。そしてあんたも、わしも、もう占う必要はない。ひとの時間を、はなれていく」

男はビールとバナナジュースの汗をかいたグラスのちょうどあいだに小鬼のカードを置き、じっと目を落としている。

「彼は放火してますよ……」

「いいや、灯りをたよりに、なにかを探してもいる」

「ええ」

「火に気をつけたほうがいい。だけども、恐れすぎてもいけない。汝《なんじ》みずからを知れ、とな」

「汝？」

「どのカードにも、古代ギリシャ文字でそう書いてある。だいじょうぶ。いつかあなたは、なにかを探求し、そしてなにかを見つけるから」

　窓の外はあいかわらず暗いままだった。まだ昼なのか、もう夕方なのか、時間がわからない。じぶんはなぜ知らない街で、知らない老人とむかいあって座っているのだろう。Yは朝に家を出発したときから順番に時の流れをたどった。石橋のうえとおなじように、このせまい路地にも提灯が連なっていて、そのオレンジ色の光の下をひとびとが右に左に歩いていく。さっきから時間の感覚がふわふわしていて、店の外がふいに舞台上のお芝居みたいに思えた。雨の日の夕刻という設定で、役者たちが行き交う。だからみな傘をさしているけれど、いくら目をこらしても雨粒だけが見えない。

＊

　身のまわりの物が消えて、その情報がビット列に書きかわっていくことを、いちいち大業に立ちどまっては弔《とむら》うひとたちもいれば、ただだまって諸行無常の時の河をじーっと見ているひとたちもいる。物がどうなろうと屁とも思わないひとたちも、ちょっとだけ喜んで、あとでちょっとだけなつかしむひとたちもいる。人類が物の所有から解放され、つぎつぎとすがたを変えていくようすに、心からわくわくしているひとたちもいる。やれ懐古趣味の情弱だ、やれ動員されやすい情報の奴隷だ、という毎晩の罵りあいを横目に、日常における物の島々は、年をかさねるごとに着実にデジタルの海にひたされていく。

じゃあ島に最後まで残っている物はなんだろう？　衣食住、あるいは三大欲求にもとづく切実な物。たぶん身体と深くひもづいた物。おいしい食べもの、酒、服、枕、スプーン、薬、椅子……あとは信仰や儀礼のための道具。遺灰をいれておく小さな容器、お飾り、ブーケ、ご祝儀袋、お守り……。あるいは自然の神秘にふれるためのあれこれ。登山靴、フィン、犬の首輪、虫とり網、じょうろ……。こんなふうにデジタル世界から自立した物を、いちいち数えだすときりがないし、当面はいろんな物がまだら模様に残っていくのだろう。一方、身体とのかかわりから遠く切りはなされた物、いろんなコンテンツを運ぶだけの物理的なメディア、はじめからあってもなくてもいいような雑貨の多くは、ひとつ、またひとつ、夜の海辺でふっとすがたを消していく。だれかが弔う間もなく、つぎの瞬間にはビットの海をゆうゆうと泳ぎはじめる。

いま物が物であること、つまりある物がデジタルじゃなくて、物理的な物でなくちゃならない理由を静かに問われている。雑貨屋の私も、売り物をお客が家にもって帰って指のあいだでもてあそんだり、棚にかざったりすることの、ちっぽけな意味をくりかえし考えている。私の周辺でささやかな物づくりを楽しむ作家たちもきっと、版画が紙にインクを刷りこんだ物であることの意味を、木彫を手で握りしめることができる意味を、目に見えない零と一の流れのまえで反芻《はんすう》しているのかもしれない。たぶんなんの未練もなくデジタル作品へとアップデートできるひとたちには、お笑いぐさなんだろうけど。

わざわざ急を要さぬ物を物理的につくりだす根拠が、意識の底でゆらいでいる——そんなふうに思いはじめたのは先の疫禍の一年め、私のまわりの大勢の作家たちが、われさきにとアマビエのお守りをつくりはじめた時期であった。油彩で、水彩で、岩絵具で、木版画で、消しゴム版画で、紙版画で、合成樹脂で、石で、張り子で、ウイルスの猛威を鎮《しず》める力をもっているかもしれない半魚人のような妖怪がつぎつぎと生みだされていった。不要不急の外出をおひかえください、という大合唱のなかで活動の場をうばわれたつくり手たちが、いまじぶんはなにができるだろうかと悩みぬいたすえに、疫病退散の純真な願いをこめてネット販売をはじめたんだと思うけど、ブームはすぐに去っていった。最後のほうは「アマビエチャレンジ」なるハッシュタグが流れてくるようになって、猫も杓子も口のとがった長髪の人魚を描きまくり、一匹あたりの効能はインフレーションをおこしてすっかり薄れてしまった。しまいには役所ものっかってきてＰＲ大使につかいはじめたあたりで、世をしのんできたアマビエのことが気の毒になってきた。数年後、みんな展示活動を再開するようになったとき、ほんの一瞬でもアマビエに感謝したひとが何人いただろう。私はそのときもらったたくさんのお守りを先ごろ紙の菓子箱にしまいながら、あることに気がついた。それは雑貨界における物の一部が、いまごっそりとお守り的な物へとシフトしつつあるのではないかということだ。そして目を転じれば、占い、ヒーリング、スピリチュアル、前世治療、チャネリング……あらゆる心の救済とむすびついた商業活動の深い森が広がっていることを知った。さらに、その森とちまたの芸術家や工芸家たちの土地が、新旧たくさんの橋でつながっていることが見えてきた。

お客のホロスコープをもりこんだオーダー型の版画やテキスタイル、家のどの方角の場所に置くといいのかを風水的にしめした動物の彫像、ヒーリング効果をふうじこめた水晶玉的なガラス作品、美術家がつくるメンフィスっぽい飾りの熊手、運や出会いをひきよせるというパワーストーンをつかった高価な指輪、易の六十四卦《ろくじゅうしけ》のイメージが絵つけされた六十四の磁器、かたくなにアクセサリーとはいわず装身具と呼んで世界各国の呪術的な意匠をあしらった腕輪やブローチ、オラクルカードとしてもつかえるロベール・クートラス風の小さなアクリル画……検索すればどこまでもでてくる。ともかく、お守り的なのだ。

やはりアマビエのときといっしょで、つくることじたいに切なる理由があるのか、楽しいだけなのか、売れるからやっているのかは、複雑にかさなりあっていてだれも判断できない。きっとやってる本人も、なにかを半分信じて、なにかに半分飽きているような浮遊した状態で、どこかへ流されているのではないだろうか。

そういえば先日はタロット占いとフランスのブロカントを融合した古道具商にも出会った。十九世紀の銅版画のタロットカードをつかって選んだ古物を、ラッキーアイテムとして顧客に提案しているらしい。それ以来、ネットのプロフィール欄をつぶさに観察するようになったが、それぞれの作家業と並行して占い師やらスピリチュアルなカウンセラーやら、お客の心の救済を手助けするひとたちが以前より増えている気がした。むかし店の常連相手に占いをやるスナックのママがよくいたけれど、いまアーティストやクラフト作家の一部が、じぶんの作品とはべつの手段で、顧客を癒す仕事にとりくみはじめている。これは私がはまりこんでいる、せまい特殊な物づくりの界隈だけなのか？　それともここ十数年で広がった「クリエイター」という異様に懐の深い言葉のなかで、イラストレーターやデザイナーが急増したのと同様に、魂の治療者たちも、おなじ芸術的創造にたずさわるひとびとの一員となって増えているのか。

なにはともあれ、すべての物が物であることの意味が刻一刻と問われている。なぜデジタルじゃなくて、物理的な物として存在しなくちゃならないのか。物が目のまえにあることの意味は？　それはほんとうに手でつくる必要があるの？　物と真摯に格闘すればするほど、そんな物じたいへの問いかけがアトリエのなかに去来するのをとめられない。これらの不安と、とある雑貨界の辺境をとりまく作品のうしろに、お守り的な影が以前より長くのびるようになった変化は深くむすびついているように思う。デジタル商品との覇権争いで、物の存在理由の防衛ラインが後退を強いられればしいられるほど、その影は色濃くなる。なぜならデジタルにとってかわられるであろう物の利便性や実際的なつかいみちを、どんどんとはぎとっていった先に、最後までかすかに残る性質のひとつには、きっとこのお守り性があるからだ。まるで真冬の静電気みたいに、いちいち効能に科学的な反駁をすることがためらわれるくらいうっすらと、でもどのような物にも宿ることのできる古くて弱い力。たとえば、おみくじやおふだのなかみが、たんなる紙切れだとわかりながらもむげにできない感覚だって、つきつめていけばこの力の集積でできている。日々の生活のなかには科学の光をどれほど照射しつづけても消えない、小さな闇の力が遍在している。

　でもその微弱な力を主にささえているのは、おそらく物じゃなくて人間だ。つまりどんなくだらない物でもおのおのの記憶を託し、長きにわたって深い関係を築くことのできる、私たちの複雑であいまいな心の働きである。百円ショップの便利品であれ、道ばたの石ころであれ、手あかで黒ずんだ黴菌《ばいきん》だらけのぬいぐるみであれ、旅先のごみくずであれ、個人のレベルでは見えない力を帯びたかけがえのない物になりえる。あらゆる不合理な感情のよりしろとしての物。護符としての物。そんなアニミズムや付喪神《つくもがみ》みたいな想像力が、消費文化によって矮小《わいしょう》化されながらも、物と心の奥底で生きながらえている。

でももちろん、この反証できない力を、反証できないがゆえに商用利用することはいくらだってできる。実際、ひとびとの切なる祈りによりそう小さな河と、彼らのフラジャイルな心を吸いよせて、消費の現場へと導いていくような大きな河が生じている。科学から排された力を集めて、他人をなんとか癒したいと願う者たちは前者をめざすはずだ。だけどすべての物が雑貨化していく過程で、その流れはだれも気づかぬほどのゆるいカーブをえがきながら、自然と後者の大河にかたむいていくだろう。私は疫禍のあいだ、何人かのひとたちから手渡されたアマビエたちの、最後の一体を自室の柱からはがしながら、そんなことを思った。

＊

ちょうど移転するまえの店の常連さんに、予知夢を見るというお客がいた。Yという高齢の女性で、彼女とは店で売れ残っていたベートーヴェンのコースターを買ってくれたことから親しくなった。それはいちおうオフィシャル・グッズというのか、ドイツのベートーヴェン・ハウス・ボン協会から認定を受けたオランダの雑貨メーカーがつくっている物だった。コースターに印刷された自画像は、全国各地の音楽室でにらみをきかせてきた、あの荘厳《そうごん》なミサ曲やら第九やらを完成させた神がかった晩年の彼ではない。かといって黒々とした長いもみあげをはやした若かりしころのやつでもない。ほわほわした髪の毛の、角度によってはおじさんにもおばさんにも見える、もはやほとんどのひとがだれだかわからないとおぼしき自画像のコースターだった。

「これだれ？」

「いちおう……というか、ベートーヴェンです」

「なわけないでしょう」

「いやオフィシャルらしいんで……」

「そうなの？　ベートーヴェン……でもこっちのほうが教科書のやつより、かわいいじゃない。頰が素甘《すあま》みたい」

「素甘……このコースターの顔がほんとうのベートーヴェンにちかいのかも、っていう研究もあるらしくて」

「そういう意味では肖像画ってＣＧよね」

「自由にいじれる」

「でもいまは逆に写真からＣＧ加工の時代をへて、みんな肖像画の時代にもどってく途中なのよ。中世。知ってた？　中世よ。どうせみんなスマホもネットのしくみも、ほらあれ、なんだっけマルチバース？　ともかく科学者のいってることなんて、もうろくすっぽわからないんだから」

「ちょうど先日、お台場の科学未来館に行ったら、インターネットで情報が伝わるしくみを白と黒のボールで……」

「とにかく」と私の話をさえぎる。「いまはハリー・ポッターの時代なのよ。魔法の世界。先端科学もオカルトみたいなことをいってんだから、われわれ下々の者はみな、いいたいほうだいなの。私の友だちなんか、量子力学的な占いをはじめたんだから」

「量子力学……的な占い」

「ところで、娘からメールで教えてもらったの、この店。私のところには何年も顔見せないのに、ここにはときどききてるんだって」

出会った当時、Yさんは駅の北にあった家を売って、ずっとずっと南のべつの街にある、とてもせまいシニアむけの分譲マンションに引っ越しをする直前で、家じゅうのほとんどの物を処分しつづける毎日なのだと話していた。数か月後に会ったとき、こまごました物ぜんぶ捨てちゃったわよ、あんたにあげたらよかった、と残念そうに話しかけられて、売っていいならもらいますけど、と返すと、あたりまえじゃない、こう見えても、むかし商店やってたんだから、といった。なんの店なんすか？　なんでも屋。生活雑貨から食品から文房具から……なんでも屋としかいいようがない小売業。ずいぶん儲けさせてもらった。おたくとはちょっとちがうけど、物だらけって意味じゃ似てたのかも。ここも埃たいへんでしょう。ええ。てきとうに団扇であおいだりしてますけど。ところでなんでやめちゃったんですか、とたずねると、Yさんはちょっとまぶしいような、こまったような顔をした。数秒間の沈黙のあと、火事で燃えたのよ、ぜんぶといった。私はなにを口にすればいいのかわからなくなり、目を丸く広げた顔をたもちながら、彼女がこっちをむくのをまった。街の地面をあちこち掘りかえしていったバブルの直前だから……三十年ちかくまえの話だけど。結局、漏電なのか、寝煙草の不始末なのか、だれか火をつけたやつがいたのか……原因は不明のまま。当時、店の二階に住んでて、どうやって家に助けが入ってきたかも、おぼえてないのよ。夜中に気づいたら、ご近所さんに外へ連れだされてて……そのあとは通りからぼけーと家がなくなるのを見てた。寝巻きのまま。建物を覆った煙のなかから火の手があらわれて、ちょっとずつ広がって、ときどき蒸気を噴きあげながら大きくなったり、小さくなったり……最後はまるで生きてるみたいに私たちの家をやさしく抱きかかえたまま、はなさなくなった。おかしな話だけど消防車がかけつけたような記憶も丸ごと消えているの。ただずっと家のまえにいたことしかおぼえていない。すべてを燃やしつくしたあと、だんだんと炎が見えなくなっていって濡れた黒い灰になるまで。私はあたまをさげて、なんだか、すいません、と詫びた。だから二度め。火事じゃないわよ、集めた物が手もとからはなれてしまうことが。今回、終《つい》のすみかへ引っ越しだーってつぎからつぎへと物を捨ててたら、あの日のこと、思い出しちゃった。遠いむかし話ね。そういってYさんは笑った。まあ、ここにある物だって、ふとした瞬間、消えてなくなるものなのよ。

居を移す直前まで、彼女は生命保険の営業をしていたらしい。火事のあとすぐにやりはじめた仕事だったのかは知らない。じつはベートーヴェンを買うよりもまえに一度、私の店に飛びこみで営業にきたことがあるようで、「あんたには、むげにされた」とよくいっていた。いまも営業でつかっていたという古い自転車に乗っており、でっかいハンドルカバーが、ひび割れた化石のように固まったまま、年じゅうくっついていた。はじめて会った日に、全焼した家を「私たちの」といっていたが、Yさんには家族がいたのか、いたとして全員ぶじだったのかも、怖くて聞けなかった。またどのお客が娘さんだったのかもわからないまま、疎遠になってしまった。もしかしたら実在しなかったのかもしれない。

予知夢の話をしよう。Yさんは予知夢だといったが、たぶん正確には虫の知らせの一種だと思う。私の祖父が亡くなり、葬儀のために京都へとんぼがえりした翌日、ずいぶんおつかれですね、とYさんに声をかけられた。おそらく私はまだ、帰りの新幹線に飛び乗ったときとおなじ暗い響きのなかで放心していたのだろう。これはだれかを弔うたびに意識にとどまり、でも幼いころから一歩たりとも先に進むことのない問いでもあった。眼下の棺に横たわっていた者の心も、生まれては順ぐりに地の縁《へり》へとみな消えていく今生《こんじょう》の因果も、そして私たちがあらんかぎりの力で照らしだしつつある宇宙の途方もないすがたかたちも、いったいなんのために存在するのか——。そのすべてが交錯したわからなさの残響のなかに、私はまだいたのだと思う。気づくと、祖父が復員して数十年後に仏を彫りはじめたこと、死ぬ数年まえに戦友の死がまだ忘れられないと打ちあけてくれたことなどを、Yさんに訥々《とつとつ》と話していた。すぐに話をさえぎるYさんにはめずらしく、だまって最後まで聞いてくれたあと、いまの話をいずれだれかに伝えたくなるときがくるから、なにかに書きとめておいたほうがいい、といった。その日は大きな数珠のようなネックレスをしていて、ちょっと予言者的でもあった。それから「あの火事があって、しばらくしてから予知夢を見るようになった」と語りはじめる。

Yさんの五つ歳のはなれた妹が病気で死ぬまえ、夢のなかで彼女に会ったのが最初だった。とくになにか会話をかわすわけではなく、ただ夢にふらっとでてくるだけなのだが、もうさよならのときがちかづいていることがわかってしまう夢。なぜさよならだとわかるのかだけは、うまく説明がつかないらしい。その後、何人もの親しい人が、亡くなるまえに夢にあらわれた。死の知らせを聞いたあと、やっぱりそうだったのかとふりかえる経験が積みかさなっていき、あるとき確信をえた。それは長い一本の橋を渡り終えて、世界が変わってしまう瞬間でもあった。偶然と必然、合理と不合理、時間の矢のまえとうしろ……この世をつかさどる力のバランスがくるっと反転し、もとにもどらなくなる。そうしてYさんは数年に一回くらいのペースで予知夢を見つづけてきた。先日も友人と夢で会い、葬儀に行ったばかり、といっていた。

でも私はあまりこの手の話を信じてはいない。夢なんておぼえてないだけで、じつは毎晩腐るほどの映像の断片があたまのなかを通り過ぎているはずなのだ。デジャヴュをやたらに体験するひとみたいに、もともとの脳のつくりや、なにかしらのショックによって時間の前後を見失いやすくなる人間もいるはずで、その場合、大切なだれかを亡くしたあとに遡及《そきゅう》的に夢のかけらが運びだされてひとつにまとまり、急に色彩をおびるということがありうるのではないか、などと反論するじぶんを想像したりもした。でもそれは口にだせなかった。私はわかっていたのだ。信じていないのではなくて、信じたくないのだということを。こんなにつっぱねたくなるのも、一種の防衛本能にちかいバイアスなのではないか。じぶんにふりかかってくる厄災のすべてを必然なのだと思いなし、運命という見えない流れに吸いよせられていく心の動きを過度におそれているのだ。たしかに私は、ものごとをなるべく偶然性という枠のなかに押しこんで、深く考えないようにつとめてきた。ひとに指摘されるまで気がつかなかったけど、あるときからなにかいやなことがあるたびに「しょうがない」とばかりつぶやくようになった。カレンダーの六曜も、厄年も、おみくじも、ささやかなジンクスも、雑誌の占いコーナーさえも目をそむけて生きてきた。これは異常なのではないか。そして、いつしか私はYさんに深い共感をおぼえるようになっていった。信じるか、信じないか。それはおなじ建物のおなじ回廊を、それぞれ逆方向にたどっているだけなのかもしれないと思った。

Yさんとの別れは一本の薔薇の木によってもたらされた。私は生まれてこのかた植物の気持ちが皆目わからない。店をはじめたころ、西友の花屋で買った小さくてかわいいチャイナローズを一瞬で枯らしたことがあった。季節は吐く息が白く変わりはじめたころ、水のあげすぎなのか、水のあげなすぎなのかもわからぬまま、でたらめに接していたらひと月で命が尽きた。もうなにをやっても帰ってこない死の分岐点がはやくも十日めぐらいにやってきて、そこから先の二十日間、命が物質へと転がり落ちていくすがたには切ないものがあった。喉が渇いているのか、冷たい水のなかで溺れそうなのか、教えてほしかったが、薔薇は黙したままミイラのようにしわしわになっていった。せめて何色の、どんな花が咲くのか知りたかった。二度とこういう別れはごめんだと消沈し、これからはもっと粗《そ》野《や》につきあっても傷つかない、心身ともにのぶとい植物とだけ暮らしていこうと決めた。

そんな話をとある薔薇好きの陶芸家に冗談めかして打ち明けたら、おそろしいことに、会話の流れのなかで、まえよりも小さくて繊細な枝ぶりのチャイナローズをもらう約束をしてしまう。なぜだ。なぜこうもはやく、じぶんを裏切るのか。か弱い植物を金輪際買わないという話をして、どうして薔薇をもらう約束をするのか。いまも説明できない。笑いながらしゃべったのが、まちがいなのか。でも子どものころから、ずっとそうだったのかもしれない。親や先生に「なんでそんなことするの?」とせめられ、なんでなのかを考えれば考えるほど、理屈が心の底からきれいさっぱり吹きはらわれて、いつもだまったまま突っ立っていた。「やはり枯らしちゃう気がして……」とかなんとか伝えたように思うが、「だいじょうぶ、水さえ忘れなければ、野薔薇にちかいので思ったよりじょうぶですから」とほほえみ、とりあってもらえなかった。「きっと来年のいまごろには花が咲きますよ。ちょうどまたおなじ時期にここで展示があるから、いまから成長した薔薇に会えるのが楽しみです」といって帰っていった。こまった私は、その話を今度はYさんにしてしまう。また性懲りもなく、へらへら笑いながら。すると、むかし園芸に凝っていたことがあるらしく、しかも無類の薔薇好きだったことも判明し「そんなことなら、冬のあいだうちのベランダで見ててあげるわ」とこともなげにいった。「これはすごくめずらしい薔薇よ」。そして二、三度「いやいや……」とか「そうはいっても、もらったものだし……」とか、いちおう渋るそぶりを見せつつも、結局は後日、Yさんに鉢ごと薔薇を預けることになる。なぜに？

あらためて、こうやってつらつら書きだしてみると、じぶんのもとに薔薇がやってくるくだりも、薔薇をYさんに託すくだりも、ことごとくその場の空気に流されているのがよくわかる。しかしおそらく当時、あたまの一部分では、じぶんの意思で初夏に薔薇をうけとり、そして寒い季節のことをあれこれ考えた結果、知人に預けた、というべつの物語をつむいでもいるはずなのだ。ところがあとでふりかえれば、他人の言葉に流され、ほんとうはなにも選びとっていない可能性に色濃くふちどられている。どっちの物語が正しいのか。時間がいくつもにわかれては、またひとつになる。意思や決断という言葉は焚き火にくべられ、煙となって空にのぼっていく。すべては偶然なのだろうか？　はたまた一本の撮り終わった映画のフィルムのように、ものごとはあらかじめ決められた場所へと運ばれていくだけの光の束なのか。そのつど、そのつど、偶然と必然のランプが左右に明滅して、とどまることがない。

このあとYさんは、すがたを消した。どこかにそんな予感がなくもなかった、という思いと、薔薇をもったままぽっくれてしまわないように祈る打算的な気持ちのなかで、もやもやとした日々をおくった。年があけて長い冬が終わり、春がきて、その息吹さえも鎮まってきたころ、私はあせりはじめる。彼女の身になにかがあったのかもしれないし、なにより陶芸家の展示が刻一刻とちかづいていた。薔薇がないことを陶芸家に正直に伝えたとして、なるほどそういうことだったんですね、と簡単に信じてもらえる話じゃないだろう。というか、そもそも冬のあいだ他人に薔薇を託すなんてことが、世の園芸家にとっては許されざる行為なのではないか。やっぱり私は植物を育てる権利のない人間なのだ。どうしよう、いや、もうしょうがない……いつものどうどうめぐりがはじまる。

急いで古い注文台帳から、Yさんが記した電話番号を探しだしてきてネットで検索してみた。そしてつぎの瞬間、私はマウスをにぎったまま固まっていた。一番うえにヒットしたのは、少しはなれた街にあるグループホームであった。横に認知症介護施設とある。クリックすると、やたらに洗練されたコンクリート打ちっぱなしの低層建築が数棟、濃い緑の木立にうずもれるように連なる写真がでてきた。べつの写真では、みなで団欒《だんらん》するための白木の部屋が宵闇に満たされていて、暖かな球体のライトが宙に浮かんでいる。カナダで介護を学んだ館長が、できうるかぎり利用者の自主性を重んじたケアを実践しているらしく、すべて個室で、出入りも自由、何時に起きても何時に寝てもよくて、食事も洗濯も入浴も職員の助けをかりながら、なるべくじぶんたちでやる、と書いてあった。それは少なくともシニアむけの分譲マンションではなかった。私はいままで一度もYさんを認知症だなんて思ったことはなかった。火事や予知夢の話も、そんなこともあるのかもしれないとおおむね受けいれていた。思いあたることといえば、財布に五千円以上はいれないようにしている、とよくいっていたことぐらいだろうか。でも関係ないだろう。過去を認知症だからああだった、こうだったと書きなおしたくなかった。Yさんにまたきてほしかった。ホームページをとじ、もう一度、注文台帳の電話番号を探す。

＊

閉店後、外は霧のような雨が降りはじめていた。小さな棘を指でつまみながら「これはすごくめずらしい薔薇よ」と、まえにきたときとおなじことをYさんはつぶやいた。砂つぶくらいの水滴をたくさんかかえた葉が、風で震えている。冬はもう、すぐそこまできていた。思った以上に重たいプラスチックの鉢をふたりで自転車の荷台にのせ、店のビニールテープでぐるぐるとしばりつける。「冬が明けたら、すぐに返すから」。なんとなくそのとき、もう彼女に会えないような気がしたけれど、もちろん予感なんて、夢といっしょでそこらへんに無窮《むきゅう》に散らばっていて、未来の私が、時間のあとさきを都合よく組み変えてしまっただけなのかもしれない。古いフランスパンみたく固まったハンドルカバーに手をいれ、私と目があうとうなずいた。じぶんはもう、Yさんの夢にでてきたのだろうか。どうしても聞いておかなくてはならないことがいろいろあったはずなのに、うまくでてこない。かわりに「雨、だいじょうぶですか」と声をかけてみる。一瞬、眉をひそめて、しばらくのあいだ街路灯の光に吸いこまれるように舞う霧状の雨に目をこらしたあと「だいじょうぶ」といった。そして彼女はカバーから左手をとりだし、まるでいま、雨がほんとうに降っているかをちゃんとたしかめるみたいに、手のひらをくぼめて夜空にむけた。

初 出 一 覧

境界
『なnD 7.5』(nu)

インターネットの波打ちぎわで
『なnD 8』(nu)、『Tea Time 13』(ティータイム) を元に加筆修正

フランク・ザッパと本屋の石
『星々 vol.1』(hoshiboshi)

本はすべてか
『なnD 9』(nu)

おしゃれな密室の内と外
『Tea Time 11』(ティータイム) を元に加筆修正

顔
『Tea Time 15』(ティータイム) を元に加筆修正

デザイン・芸術・クリエイティブ
『Tea Time 14』(ティータイム) を元に加筆修正

おむかえのあとさき
『群像』二〇二一年四月号 (講談社)

その他書下ろし

三品輝起　みしな・てるおき
1979年京都府生まれ。愛媛県にて育つ。2005年より東京の西荻窪で雑貨店「FALL」を経営。著書に『すべての雑貨』（ちくま文庫）、『雑貨の終わり』（新潮社）がある。

波《なみ》打《う》ちぎわの物《もの》を探《さが》しに

2024年1月25日　初版

著　者　三品輝起
発行者　株式会社晶文社
東京都千代田区神田神保町1-11　〒101-0051
電話　03-3518-4940（代表）・4942（編集）
URL　https://www.shobunsha.co.jp

印刷・製本　中央精版印刷株式会社

ISBN978-4-7949-7402-0 Printed in Japan